12819.

B. 2.

Cat. Denyou. 14947.

LE THEATRE
DES ANIMAVX,
AVQVEL SOVS
PLVSIEVRS DIVERSES
fables & Histoires, est representé
la pluspart des actions de la
vie humaine.

Enrichy de belles Sentences tirées de l'Escriture
saincte, et orné de Figures, pour ceux qui
ayment la Peinture.

A PARIS,

Chez IEAN LE CLERC, ruë sainct
Iean de Latran, à la Salemandre Royale.

M. DC. XX.

AV LECTEVR, SALVT.

PVIS qu'ainſi eſt que ſous pluſieurs fables & gentilles inuentions, nous ſommes admoneſtez de noſtre deuoir, voire-meſme que nous en receuons des conſeils tres-vtiles, pour auec prudence, eſlire en quelle façon nous-nous deuons gouuerner en la pluſpart de nos actions, ce n'eſt point ſans raiſon que pluſieurs perſonnes ſe ſont efforcées de nous les faire voir, les vns en proſe, les autres en vers, & quelques-vns auec la peinture. Pour auec ceſte diuerſité nous les rendre plus familieres & aiſées à retenir, & pour nous en ſouuenant, auoir touſiours qui nous conſeille à noſtre beſoing, ou bien en les meſpriſant, auoir qui nous reproche noſtre mauuais naturel. Ce n'eſt donc point ſans profit que ce liure t'eſt preſenté, duquel tu ne peux receuoir que contentement, & principalement la ieuneſſe à laquelle la lecture ſera prompte, chaſque hiſtoire ou fable n'eſtant plus longue qu'vn Sonet, & pource tres-aiſée à retenir, ce qui les conduira (en ce faiſant) ſans y penſer, & auec plaiſir, à receuoir vne prompte reſolution en toutes leurs affaires : mais auſſi recognoiſtre en quelle façon ils ſe doiuent gouuerner auec vn chacun. Quant aux figures, ie croy qu'elles ſeront agreables, tant pour induire à apprendre la peinture, ceux qui y ont deſia quelque inclination, que pour eſmouuoir les autres à s'y employer : La peinture eſtant tres-neceſſaire à ceux qui veulent paroiſtre par la beauté de l'eſprit. ADIEV.

P. DESPREZ,

Que vos mœurs soient sans auarice, estans contens de ce que vous auez
presentement. Hebr. 13.5.
Sois content de ta gloire, & sois assis en ta maison. 4. Reg. 24. 10.

DV PAON, ET DV ROSSIGNOL.

VN Paon tout orgueilleux, voyant le beau plumage
Dont il est reuestu & par tout bigarré,
S'estimoit plus que tous, & n'eut à nul cedé,
Si d'vn doux Rossignol n'eust oüy le ramage.
Alors droict à Iuno il va en se plaignant,
Ie te supplie, dit-il, ô Royne ma Deesse!
Octroye-moy vn bien, car ie meurs de tristesse,
Si du gay Rossignol ie n'imite le chant.
Ie ne puis, dit Iuno, sois contant de la grace,
Que tu reçois des Dieux, ayant vn beau plumage,
Tu vois le Rossignol, de son chant est contant.
Et sans estre enuieux à rien plus il n'aspire,
Car celuy viura en eternel martyre,
Qui le bien d'vn chacun va tousiours souhaitant.

Ne crois iamais à ton ennemy, car fa malice s'enroüille comme le metal:
Et combien qu'en s'humiliant il chemine courbé, retire ton courage, &
garde toy de luy. Ecclef.12.10.11.

DES BREBIS, LOVPS ET CHIENS.

LEs Brebis auoient guerre à l'encontre des Loups,
 Et force bons grands Chiens eftoiét pour les deffendre:
 Les Loups demandent paix, & pour mieux les furprendre
 Promettent leurs petits, fans qu'vn refte de tous.
Eux demandent les Chiens: & ces propos fi doux
 Ainfi qu'elles penfoient, les y font condefcendre:
 C'eft la paix, difoit-on, qu'on ne vienne entreprendre
 A l'enfraindre, ou iamais qu'on ne penfe eftre abfous.
Lors les Loups fur les Chiens, & deffus les oüailles
 Les louueteaux harpez leur ouurent les entrailles,
 Où toute cruauté leur fert de paffe-temps.
Donc contre l'ennemy que toufiours on f'efforce
 D'eftre caut & prudent, & de garder fa force
 Contre ceux qui font faicts pour mal faire en tout temps.

         A iij

Si tu fais bien, ſçache à qui tu le feras, & grande grace ſera en tes biens:
fais bien au iuſte, & tu trouueras grande retribution. Eccleſ.12.1.2.

DV LYON, ET DV RAT.

COmme vn Lyon euſt faict à vn Rat quelque bien,
    Eſtant à ce pouſſé de nature gentille,
    Tombe dans vn filé: où, bien qu'il ſoit habille,
    Si ne peut-il que faire, & ſi trauaille bien.
Car ce pauure Lyon deſſous vn tel lien
    Eſt là qui ſe tempeſte, eſt là qui ſ'entortille,
    Rugiſſant, & mettant & la force & le ſtille,
    Pour ſen mettre dehors, non, il n'y gaigne rien.
Le Rat oyant ſon cry accourt viſte à l'attrappe:
    Il ronge les cordeaux, & le Lyon eſchappe,
    Et puis promet au Rat tout plaiſir en tous lieux.
Les petits quelquefois encor pourront bien eſtre
    En quelque endroict où c'eſt qu'ils ſçauront recognoiſtre
    Vers les grands, le bien-faict qu'il auront receu d'eux.

Orgueil eſt deuant la deſtruction, & la hauteſſe d'eſprit deuant la ruine.
   Prouerb.16.18.

Tu as humilié l'orgueilleux comme le navré.   Pſal.88.11.

DE LA GRENOVILLE, ET DV BOEVF.

L A Grenoüille voyant dedans vne prairie
   Vn Bœuf gras paſturer, auſſi-toſt elle l'aſſaut,
A ſçauoir, ſ'eſleuant contre luy d'vn grand ſaut,
Et ſon ſang qui luy bout la met en grand' furie.
Et des-là plus auant entre en forcenerie,
   Qu'elle peut eſtre telle, eſtimant qu'il ne faut
   Pour l'eſgaller, ſinon leuer le nez plus haut:
   Quoy faiſant, & ſ'enflant, elle eſt ſoudain perie.
Pauurette, dit le Bœuf, dequoy te fut-il mieux
   Eſtant ainſi que moy? las! combien plus d'affaire
   Euſt trauaillé ton corps, dont tu n'auois que faire.
Celuy qui ſe contente eſt vrayement bien-heureux,
   Le petit plus qu'vn autre, eſtant certain qu'il n'entre
   Dedans vn petit corps autant qu'en vn grand ventre.

Ton arrogance & l'orgueil de ton cœur t'a deceu. Iere. 49. 16.
Malediction ſur vous qui dictes le mal eſtre bien, & le bien eſtre mal.
Eſay. 5. 20.

DV CERF SE MIRANT EN L'EAV.

VN Cerf blaſmoit ſes pieds, & ſa corne tortuë
 Loüoit iuſques au Ciel, ſe mirant dans les eaux:
Mais venant à paſſer deſſous des arbriſſeaux,
Sa corne adonc ſ'y lie, & pourtant on l'y tuë.
Or aux derniers abbois ceſte beſte abbatuë
 (Comme les Chiens courans la mettoient à morceaux)
Se diſans hors du ſens, en ſes horribles maux,
 A tenir ces propos alors elle ſ'eſuertuë.
Las! ie blaſmoy mes pieds qui m'ont touſiours ſauué:
 Et ce gemeau branchage, ah! par trop eſleué,
 Eſt la cauſe par moy, que ma vie eſt rauie.
Ainſi rejettons-nous la choſe qui nous ſert:
 Ainſi aduoüons-nous la choſe qui nous perd:
 Ainſi l'orgueil deffaict le ſouſtien de la vie.

Ne requerir

Voicy, tu te confies sur ce baston icy de roseau rompu sur Egypte, sur lequel si l'homme s'appuye, il entrera en sa main & la percera: ainsi est Pharao le Roy d'Egypte, à tous ceux qui se fient en luy. Isay.36.6.

DES COLOMBES, ET DE L'ESPREVIER.

LE Milan guerroyoit contre les Colombelles
 Sans tréfves ny repos: & celles-cy iamais
Ne pouuoient tenir l'air, que cet oyseau mauuais
N'allast les desmembrant de ses serres cruelles.
Les pauurettes adonc, prennent aduis entre-elles,
 Que c'est qu'il est de faire, & pour rachepter paix
 S'en vont à l'Espreuier le prier desormais,
 Qu'il vueille estre le Roy de leurs trouppes fidelles.
Cet affamé l'accepte, & tout soudain aprez
 Tous ces pauures coulons s'en vont tous massacrez
 Dessous la cruauté de l'Espreuier ramage.
On ne doit s'esbahir de voir vn cruel Roy,
 Commettre laschement, quand il manque de foy,
 Sur ses pauures subjects toutes sortes d'outrage.

Il a ouuert vn puits, & l'a foüy : & eſt cheu en la foſſe qu'il a faicte. Sa douleur ſera conuertie ſur ſa teſte : & ſon iniquité deſcendra ſur le ſommet de ſon chef.   Pſal. 7. 16. 17.

DV CERF, ET DV CHEVAL.

VN glorieux Cheual taſchant de ruiner
   Vn Cerf des mieux courans, vient à prier vn homme
De l'aider à deffaire, & qu'il eſt preſt en ſomme,
Sous luy, d'aller où ceſt qui le voudra mener.
Or l'homme eſtant deſſus le vient eſperonner,
   Tellement qu'il arriue à ce Cerf, & l'aſſomme:
   Quoy voyant le Cheual grandement le renomme,
Le priant de vouloir ailleurs ſacheminer.
Mais l'homme n'en faict rien: ains ſi bien le maiſtriſe,
   Qu'il en faict ce qu'il veut, & puis il le deſpriſe,
   Luy chargeant tant le dos qu'il en meurt ſous le faix.
Tels meritent donc bien (qui faiſoient tant des braues,
   Et pour nuire à autruy ſe ſont rendus eſclaues)
   Par ceux-là qu'ils portoient, d'eſtre du tout deffaicts.

Celuy qui croit de leger, il est leger de cœur, & amoindrira. Eccl. 19.4.
Car tout trompeur est en abomination vers le Seigneur. Prou.3.32.

DV REGNARD, ET DV BOVC.

LE Bouc & le Regnard allans en vn voyage
 Eurent soif, & pour boire entrerent en vn puits:
Mais peu apres le Bouc dit au Regnard, ie suis
En grande perplexité d'estre icy pris en cage.
Le Regnard respondit, non, non, prend bon courage,
 Ie te mettray bien tost hors de tous ces ennuis:
Seulement leue-toy, baissant la teste, & puis
Ie sortiray dehors pour te faire passage.
Ce faict, le Regnard dit: que n'as-tu compagnon,
 Autant d'entendement que de poil au menton,
 Tu te fusses vrayement de la prise apperceuë.
Ainsi l'homme aduisé ne fera iamais rien,
 Que deuant toute chose il ne regarde bien,
 Ayant à proposer, qu'elle en sera l'issuë.

B ij

Les membres du corps qui femblent eftre plus debiles, font beaucoup plus neceffaires.   1. Cor. 12. 22.

DV LYON, ET DE L'OVRS.

Ainfi que le Lyon eut faict commandement
  Aux fiens de f'apprefter à la guerre ordinaire,
Vn Ours luy demanda de l'Afne, en quelle affaire
Elle pourroit feruir en fon lourd portement.
Dauantage le Liévre auoit inceffamment
  Le cœur glacé de peur, que pourroit-il donc faire?
  Le Lyon refpondit, qu'à grand force de braire
L'Afne efpouuanteroit les oyfeaux grandement.
Et puis de l'ennemy ayant eu la victoire,
  Le Liévre à poinct viendra pour l'affaire notoire
Par fa grande viftelfe à tous, & vn chacun.
Ainfi l'homme aduifé de toute chofe ordonne
  Si bien, qu'il faict feruir la plus vile perfonne,
  Par fa bonne conduicte au profit du commun.

Ill'a fuit comme le Bœuf qui eft mené au facrifice, & comme l'Agneau fau-
telant & ignorant comme fol.qu'on tire aux liens.　Prouerb.22.

De la Soury de la ville, & de la Soury champeftre.

VNe Soury de ville ayant efté traictée
　　D'vne Soury des champs auec vn peu de pois,
Requift à cefte-cy de venir quelquefois
　En fa maifon la voir, comme elle l'a vifitée.
Elle y vient, & voyant force viande appreftée,
　De bled, de chair, de fuif, de marrons, & de noix:
　Et d'autre-part oyant vn vallet tant de fois
　Empefcher leur repas, elle en eft defgouftée.
Si dit la villageoife, ô combien i'ayme mieux
　Sans peur d'eftre chez moy, que non pas en ces lieux
　Bien qu'on y voye encor que tout bien y abonde!
Il eft donc bien-heureux qui vit petitement
　En fa maifon, en paix, hors de l'eftonnement,
　Du foin & du trauail, où les grands font au monde.

Le Seigneur ne trauaillera point de faim l'ame du iufte : mais renuerfera
l'embufche des mefchans. Prou.10.3.

DE L'OYSELEVR, ET DE LA TOVRTE.

AV temps de la moiſſon vn grand preneur d'oyſeaux,
Sous des roſeaux caché tendoit à la pipée :
Et penſant bien toſt voir vne Tourte happée,
Il ſent ſa iambe priſe autour de ſes cordeaux.
Car vn bien long Serpent ſort d'emmy ces roſeaux,
Qui vient à ſe ramper ſur ſa plante attrapée,
Et le mord à la mort, donc la Tourte eſchappée
Laiſſe cet oyſeleur ſe plaindre ſur ſes maux.
Et puis elle luy dit : pauure homme qui ne ceſſes
D'aguetter noſtre vie auec tant de fineſſes,
Que ton meſchant deſſein te vient bien à rebours.
Qui faict mal à autruy ne doit trouuer eſtrange
Qu'il rencontre du mal, pour du mal en eſchange,
Et qu'il ſoit delaiſſé quelquefois ſans ſecours.

Malheur eſt ſur toy terre, de laquelle le Roy eſt vn enfant. Eccleſ.10.16.
Bienheureuſe eſt la terre, de laquelle le Roy eſt noble. Eccleſ.10.17.

Du Paon, qu'on vouloit faire Roy des Oyſeaux.

LEs Oyſeaux du Conſeil, pour faire eſlection
  D'vn Roy qui les regiſt, en vn iour ſaſſemblerent,
Et par vn beau matin ils en delibererent,
Sans beaucoup aduiſer à ſa condition.
Soudain le Paon leur vient en admiration,
  Pour ſa grande beauté : pourtant ils l'entourerent
  Auecques reuerence, & puis le proclamerent
Souuerain deſſus eux à ceſte occaſion.
Mais la Pie leur dit, ſi quelqu'vn nous outrage,
  Qui nous aſſiſtera, puis que ce beau plumage
  Eſt deſnué du tout de force & de vigueur ?
La beauté en vn Prince eſt certes peu de choſe
  Au prix de la vertu, qui doit eſtre rencloſe
  D'vne grande prudence au milieu de ſon cœur.

Ne cherche point les chofes plus hautes que toy, & ne cherche point chofes
plus fortes que toy.   Ecclef.3.12.

DE L'AIGLE, ET DV CORBEAV.

IL eftoit fur les fins des Garennes de Gorte,
    De beaux & gras Moutons, vn grand troupeau paiffant,
   Sur lequel vient à fondre vn Aigle rauiffant,
   Qui choifit vn Agneau de la trouppe, & l'emporte.
Vn Corbeau qui le void en veut faire en la forte,
   Et fans bien fe fonder, f'eftime affez puiffant
   D'enleuer le plus gros, qui faict que f'efforçant
   D'emporter vn Mouton à la mort il fe porte.
Car volant fur le dos, les pieds mal-affeurez
   De cet outrecuidé demeurent enferrez,
   Et lors fort vn Berger, qui le vient à furprendre.
Ainfi eft-il d'vn fot qui ne fe cognoift point:
   Il f'embroüille fi bien, qu'il fe perd de tout point
   A fe hafter par trop, & par trop entreprendre.

                           Ne fçauoir

Quelle choſe profite-il au fol d'auoir richeſſes, veu qu'il n'en peut acheter ſa-
pience ?   Prouerb. 17. 16.

DV COQ, ET D'VN DIAMANT.

COmme vn Coq de paroiſſe eſtoit en quelque part,
 A gratter à deux pieds & deuant & derriere,
Pour trouuer à manger dedans vne pouſſiere,
Qu'on auoit là iettée en vn champ à l'eſcart.
Voicy deſſous ſes pieds, ſur le poinct qu'il l'eſpard
 D'vn & d'autre coſté, vne grande lumiere
 D'vn Diamant brillant, comme l'auant-courriere,
Qui vient ſoudainement à toucher ſon regard.
Lors ce Coq le becquette, il le laiſſe, il l'enterre:
 Si dict en le couurant: hé! que ſert ceſte pierre?
 Combien vn grain de bled, eſt bien de plus grand prix.
Par cecy peut-on voir que c'eſt de l'ignorance,
 L'homme dedans lequel elle faict demourance
 Hait touſiours la ſcience, & la met à meſpris.

          C

Que nous a profité l'orgueil? ou que nous a apporté la vanterie des richef-
fes.　　　　　　　　Sapien.5 8.

DV SANGLIER, ET DE L'ASNE.

VN Sanglier reprochoit à l'Afne fa fimpleffe,
　Qu'il fembloit qu'il fut fait pour eftre entre les morts,
Tant eftoit-il deffaict, tant auoit-il le corps
Fetard, lourd & pefant, & chargé de pareffe.
Et mettant en auant vne gentille addreffe,
　Qu'il auoit entre tous, comme des plus accords,
　Et qu'il tenoit fon lieu au nombre des plus forts,
L'Afne à l'inftant ainfi fa refponfe luy dreffe:
Il n'eft point de befoin à l'Afne de courir
　Quand elle n'a point peur qu'on la face mourir,
　Comme toy, duquel l'ame eft toufiours pourfuiuie.
Plufieurs blafment ainfi, fans aucune raifon,
　Les pauures fimples gens, mais fans comparaifon,
　Qui font bien plus heureux qu'ils ne font en leur vie.

Qui n'est point auec moy, il est contre moy : & qui n'assemble auec moy,
il espard. Matth. 12. 30.
Quiconque faict choses meschantes, hait la lumiere. Ioan. 3. 20.

Bataille des Oyseaux, & des bestes de la terre.

AYans tous les Oyseaux par ensemble arresté
   De donner la bataille aux bestes de la terre,
  Ceste Chauue-soury craignant en ceste guerre
  La perte des Oyseaux, fut de l'autre costé.
Mais l'ost leger volant, par sa dexterité
  Dessus les Animaux, & de bec & de serre
  Les choquant, les pressant, les faict fuyr grand erre,
  Et la Chauue-soury pour sa desloyauté.
La miserable donc, depuis ceste rencontre
  Iusqu'à ceste heure cy de iour plus ne se monstre,
  Ny n'oseroit plus estre où nul des autres font.
A cet exemple cy, au moins que tous ces maistres
  De toute iniquité (ie parle de ces traistres)
Ne se monstrassent point tant hardiment qu'ils font.

Resistez au Diable, & il s'enfuyra de vous.　Iacob. 4. 7.
Prenans sur tout le Bouclier de Foy, par lequel vous puissiez esteindre tous
　les dards enflammez du maling.　Ephes. 1. 16.

DV BASILIQVE, ET DE LA BELETTE.

D'Vn antre fort couuert vn long Serpent sortoit
　Par fois en vn iardin, pour y penser surprendre
Vn ieune Beletteau qui venoit là se rendre
Tous les iours pour manger, & sans fin l'y guettoit.
La Belette tandis ne s'en espouuantoit,
　Mais icelle au contraire osoit bien entreprendre,
　Au pas de son grand trou de se mettre, & l'attendre,
Voire que dans son fort bien souuent l'arrestoit.
Car tousiours elle auoit vne branche de rhuë
　(On dit asseurément qu'vne telle herbe tuë
　Tout serpent venimeux) pour en couurir son corps.
Ainsi doit le petit pouruoir en son affaire
　En s'armant prudemment contre vn grand aduersaire,
　Et par vn bon moyen rompre tous ses efforts.

Qui espargne la verge , il hait son fils : mais celuy qui l'ayme, il l'instruit
sans cesse. Prouer. 13. 24. *La confusion du pere vient du fils sans*
discipline , & la fille folle sera aneantie. Ecclef. 22. 3.

DV SINGE, ET DE SES ENFANS.

VN Singe eut deux Singeots qu'il print à grand amour,
 Au moins l'vn : Car de l'autre il n'estoit exercice.
A quoy il s'addonnast qu'il ne luy femblast vice,
Ne luy souffrant chez luy de faire aucun sejour.
Quant à l'autre Singeot il estoit tout le iour
 A se donner plaisir, à faire vne malice,
 Il saute, il vire , il tourne, il se rompt vne cuisse,
 Puis le pere suruient qui se lamente autour.
Il le tient en ses bras, & si fort il l'embrasse
 Qu'il rend tout roide mort son Singeot en la place,
 Et plus qu'auparauant c'est lors à se douloir.
Tels sont les fols parens, lesquels ainsi assottent
 Leurs malheureux enfans, & tant les amignottent,
 Qu'ils les perdent du tout pour plaire à leur vouloir.

Mieux vallent les playes de ſon amy, que les baiſers frauduleux de l'en-
nemy. Prou. 27. 6. *L'ennemy l'armoye de ſes yeux: & s'il trouue le*
temps, il ne ſera point ſaoulé de ſang.　　　Eccleſ. 12. 16.

DV LYON, ET DV CHEVAL.

VN Cheual bien adroit emmy les champs reclamé
　　Le ſecours d'vn Lyon qu'il voyoit affamé,
Faiſant le Medecin expert & eſtimé,
　　Et n'eſtant, diſoit-il, ſans vn ſouuerain baſme.
Donc le Cheual l'oyant, luy dit, ha! ie me paſme,
　　Ayant vn de mes pieds de derriere entamé;
　　Tu ſois donc bien-venu Medecin bien-aymé,
Ie te ſupply bien fort de quelque cataplaſme.
Lors le Lyon feignant le voir par grand' pitié,
　　Le Cheual luy deſſerre vn vilain coup de pied,
　　Laiſſant ce Medecin eſtourdy ſur la place.
Celuy qui cherche à nuire, & cauteleuſement
　　Taſche de paruenir à ſon fol penſement,
　　Bien ſouuent eſt deceu ſous vne autre fallace.

Il trompera les trompeurs, & donnera grace aux debonnaires. Prou.3.34.
Lequel prend les sages en leur finesse. Iob.5.13.

DV REGNARD, ET DE LA GRVE.

VN Renard auoit faict dans vne platte efcuelle
    Du papin pour la Gruë, ayant à la traitter:
  Or elle ne pouuant pour fon bec en tafter
  Le Renard mange tout, & puis fe mocque d'elle.
Or elle luy en baille au foupper d'vne telle,
    Faifant dans vne courge vn tel mects apporter
  Et lors prie au Renard qu'il en vueille goufter,
  Et qu'il eftoit fort bon pour guarir fa ratelle.
Lors y mettant fon bec elle en prend bonne part,
    Car elle aualle tout, puis demande au Renard
  S'il n'eft pas bien traitté, le priant qu'il refponde.
Qui fe met à tromper, refpond-il, trouuera
    Vn auffi fin que luy, lequel le trompera:
  Car affez il y a des trompeurs par le monde.

Il a beſongné puiſſamment par ſon bras : il a diſſipé les orgueilleux en la
penſée de leur cœur. Luc.1.51.

L'HOMME, ET LE LYON.

VN homme & vn Lyon, enſemble deuiſans
   De leur force & vertu, en vn lieu arriuerent,
Où vn Lyon taillé dans vn pillier trouuerent,
Qu'vn homme auoit occis, ce qu'ils ſont auiſans.
L'homme de l'homme alors loüa les faicts cuiſans,
   Monſtrant qu'à ce Lyon ſes forces trop greuerent :
   Or enfin peu à peu, ſi fort ils eſtriuerent,
   Que l'homme du Lyon ſentit les coups nuiſans.
Or ſus, dit le Lyon, puis qu'ainſi tu te vantes,
   La force tu ſçauras de celuy que tu hantes :
   Et l'ayant abbatu, luy fit ſouffrir la mort.
Vn glorieux vanteur, qui ne ceſſe de dire
   A vn chacun ſes faicts, & loüange en deſire,
   Sent ſouuent l'aiguillon d'vn autre qui le mord.

Qui

Lequel fait regner l'homme hypocrite, à cause des pechez du peuple.
Iob. 34. 30.

DES GRENOVILLES, ET DE LEVR ROY.

LEs Grenoüilles prioient qu'on pourueut leur contrée
D'vn Prince debonnaire : à l'inſtant à leur voix
On leur iette en leur mare vne piece de bois,
Qui faict dedans leur bourbe vne Royalle entrée.
Les Grenoüilles voyant la face ainſi veautrée
De ce beau nouueau Roy (bien humain toutefois)
Non, nous ne voulons point, diſent-elles, des Rois
Ayant auecques nous vne ame ainſi poutrée.
On leur baille pourtant vn Cicogneau, qui vient
Engober tout autant que la mare en contient,
Depeuplant ce Royaume auparauant paiſible.
Tout ainſi qu'il n'eſt rien au monde plus plein d'heur,
Que d'auoir vn bon Roy : ainſi d'vn Roy tueur
On peut dire pour vray, qu'il n'eſt rien tant horrible.

D

Honore ton pere & ta mere (en leur obeyſſant) à fin que tes iours ſoient prolon-
gez ſur la terre. Exod.20.12. Et ne ſuiuront point vn eſtranger, mais s'en-
fuyront de luy, car elles ne cognoiſſent point la voix des eſtrangers. Ioan.10.5.

DV LOVP, ET DV CHEVREAV.

VNe Cheure diſoit par vn petit pertuis
   A ſon ieune Cheureau, elle ſ'en allant paiſtre,
   Qu'il n'ouurit point à d'autre: or vn grand vilain traiſtre
De Loup l'entendit lors, qui vient frapper à l'huis.
Ouurez (ce diſoit-il) voſtre mere ie ſuis:
   Ma mere (reſpond-il) me donnoit à cognoiſtre
   Vn certain mot de guet, qu'on ne me faict paroiſtre:
Mon enfant, dit le Loup, ſouuenir ne m'en puis.
Auſſi ay-je oublié ores d'ouurir la porte
   (Ce reſpond le Cheureau) à qui parle en la ſorte:
   Car c'en eſt là la clef, & de tous nos ſecrets.
Ainſi qui n'entreprend de faire dauantage
   Qu'il n'a de mandement, ne peut auoir dommage,
   Dont il ſe puiſſe au moins repentir puis apres.

L'auaricieux ne ſera raſſaſié d'argent : & celuy qui ayme les richeſſes ne prendra point aucun fruict d'icelle.   Ecclef. 5. 9.

DV CHIEN, ET DE L'OMBRE.

VN Chien alloit courant deuers vne riuiere:
　Or aduenant ainſi, qu'iceluy trauerſoit
Son cours haſtiuement ſur vn pont fort eſtroit,
　Tenant vn bon lopin ſous ſa dent macheliere.
Le Soleil rayonnoit vne grande lumiere,
　Qui faiſoit groſſir l'ombre en ceſte eau qu'il paſſoit,
　Qui faict qu'auſſi ſoudain que ce Chien l'apperçoit,
Il ſe iette dans l'eau, mettant ſon bien arriere.
Voulant donc engouler ceſte ombre, il laiſſe choir
　Son gros morceau de chair : & puis il eſt à voir
　De l'eau à ſon fin ſaoul, & du vent qui luy reſte.
Ainſi le peu vaut mieux, & tenir ſeurement
　Le bien qu'on peut auoir touſiours pour fondement,
　Que d'embraſſer beaucoup & perdre tout au reſte.

Qu'eſt-ce que tu as, que tu n'ayes receu? & ſi tu l'as receu, pourquoy t'en glorifies tu, comme ſi tu ne l'auois point receu?   2. Corinth. 4. 7.

Du Geay, qui ſe veſtit des plumes du Paon.

VN Geay auoit trouué des plumes eſgarées
     D'vne trouppe de Paons, à l'entour d'vn buiſſon,
Dont il penſe auſſi toſt à ſe donner leur nom,
Apres auoir d'iceux ſes plumes reparées.
Or les Paons qui voyoient ſous leurs treſſes dorées,
     Que ce galland de Geay faiſoit du compagnon,
Ils le chaſſent adonc, pour ſon mauuais renom,
Ayant vn chacun d'eux ſes plumes retirées.
Ce pauure ainſi plumé, eſtant de là chaſſé,
     S'en vient entre les Geays, dont il eſt delaiſſé,
Et non plus que les Paons n'en tiennent aucun conte.
Donc qui tranche du braue, & qui ſe va fourrant
     Au milieu des milors pour faire là du grand,
En tout lieu n'en aura que blaſme & toute honte.

Et ont dit: Le Seigneur ne le verra point.   Pſal.93.7.
Vous qui eſtes ſans ſapience entendez: Celuy qui a formé l'œil ne conſi-
derera-il point?

DV CERF, ET DES BOEVFS.

VN Cerf mis aux aboys par quelques chiens courans,
 Entre dans vne eſtable, en laquelle il ſupplie
Des Bœufs attachez là de luy ſauuer la vie,
Le gardant de la dent de ces chiens deuorans.
Las! tu viens (dict vn Bœuf) à de pauures garans
 Liez comme tu vois: que ſi tu as enuie
 Toutesfois de te mettre en ce foin, ie t'affie
Que nous ferons icy deuant toy demourans.
Ce diſant vient entrer le maiſtre dans l'eſtable,
 Et cherchant tout par tout ce pauure miſerable,
 Il le tuë de coups, quand il l'a peu trouuer.
Ainſi eſt-il qu'en vain le pauure infirme implore
 L'ayde de l'affligé: ainſi eſt-il encore,
 Qu'en fin le mal-heureux cherche de ſe ſauuer.

Celuy prend charge ſur ſoy, qui communique auec plus grand que luy. Ne
ſois compagnon de plus riche que toy. En quoy communiquera le chau-
deron auec le pot de terre?   Eccleſ. 13. 2. 3.

DV LYON, ET D'AVTRES BESTES.

CE Lyon affamé ſ'en allant à la chaſſe
   Auec vn fort Limier, vn Loup, & vn Regnart,
  Prit vn Cerf à la courſe, & puis il le depart:
  Ce qu'ayant faict en quatre, il parle ainſi d'audace.
Vn chacun de vous trois ſçait bien de quelle race
  Ie ſuis par deſſus vous, dont i'auray ceſte part:
  Puis ce quartier plus grand, que voila mis à part,
  M'eſt deu, ayant le premier eſté à la trace.
La tierce, auray-je encor pour eſtre le plus fort:
  Et l'autre, pour auoir mis apres plus d'effort:
  Et quand au demourant, c'eſt pour voſtre ſalaire.
Pourtant qui veut ſe ioindre auec les grands Seigneurs,
  Fiers, cruels, ou nuiſans, qu'ils ſupportent leurs mœurs,
  Et tout ce qu'ils voudront, ou mal dire, ou mal faire.

Tu ne feras point d'iniquité: & ne iugeras point iniustement, & n'accepte-
ras la personne du pauure, & n'honoreras la personne du grand Iuge iu-
stement ton prochain. Leuit. 19.15.

DV LOVP, ET DE LA BREBIS.

AVx plaids des Animaux, pour vn trop long seiour
  D'vne debte, vn gros Loup faisoit vne poursuitte
Encontre vne Brebis, qui dit, à l'opposite,
Qu'elle ne luy doit rien, repliquant à son tour.
Le Loup produit le Chien, l'Escoufle, & le Vautour,
  Qui disent qu'il est vray : pourtant qu'elle merite
  D'estre à iamais infame, & pour chercher la fuitte
De perdre tous ses biens, & mourir à ce iour.
Sur cecy, la Brebis tasche de se deffendre :
  Mais tous dans ce parquet ne la veulent entendre,
  Ains elle & ses raisons ils rejettent bien loing.
Ainsi est-il qu'on void le bien, l'honneur, la vie,
  Exposez en peril, se perdre, estre rauie,
  Par le mortel rapport du meschant faux tesmoing.

Ne craignez point ceux qui tuent le corps, & ne peuuent tuer l'ame : mais pluſtoſt craignez celuy qui peut perdre l'ame & le corps en la gehenne.
Matth. 10. 28.

DES LIEVRES CRAIGNANS SANS CAVSE.

VN E groſſe Foreſt, de grands vents tempeſtée,
    Donnoit vne grand' peur aux Liévres de ces lieux:
Leſquels, en s'enfuyans, trouuent deuant leurs yeux
Vne mare, laquelle a leur courſe arreſtée.
Or y voyans tout coy, & la riue hantée
    De Raines, ſe plongeans dedans ſon fond fangeux,
    Penſans eſtre grand cas qu'on fuye deuant eux,
    Ils ont ſoudainement leur crainte rejettée:
Courage (diſent-ils) apprenons à ſçauoir
    Sans vous tronbler ainſi, quel eſt noſtre pouuoir,
    Quand nous voyons, qu'icy nous ſommes redoutables.
L'homme laſche & poltron en la guerre prend cœur,
    Quand il ſçait deuant luy qu'vn autre fuit de peur
    O qu'on void en tous lieux de gens-d'armes ſemblables!
                                                    Ne nuire

Ceux-cy font taches en leurs banquets, banquetans sans crainte, se repaissans
eux-mesmes : nuées sans eau emportées des vents çà & là. Epist.S.Iude.

D'VN SINGE, ET D'VN PETIT CHAT.

VN tout fantasque Singe eust vn fort grand desir
    De manger des marrons, qu'on mettoit dans la cendre:
Là estoit vn Chatton duquel il alla prendre
    La patte de deuant, puis les tire à loisir.
Le petit Chat qui sent la chaleur le saisir:
    Dit, Escoute vn peu Marmot, tu deurois bien entendre
    Que i'ay ma foible peau, pour le moins, aussi tendre
    Que la tienne, & pourtant ne me fay desplaisir.
Mais (ce dit le Marmot) nul ne vit sans rien faire:
    Dequoy donc te plains-tu, quand mesme en cet affaire
    Il ne se peut trouuer de trauail plus leger.
Tel donc employe autruy iusques à sa personne,
    Lequel ce temps pendant au peril l'abandonne,
    En se gardant tresbien d'approcher du danger.

                                        E

Leur goſier eſt vn ſepulchre ouuert, ils faiſoient frauduleuſement de leurs
langues. Pſalm.64.4. Deſquels la bouche eſt pleine de malediction & d'a-
mertume: leurs pieds ſont legers à reſpandre le ſang.   Pſalm.64.5.

DE L'AVBEREAV, ET DES AVTRES OYSEAVX.

AVx meilleurs Oyſelets l'Aubereau fit ſçauoir,
   Qui vouloit celebrer le iour de ſa naiſſance:
  Pourtant il les prioit qu'en ayant cognoiſſance
  Ils y vinſſent tantoſt pour les bien receuoir.
On ne leur a donc pas au pluſtoſt faict ſçauoir,
   Que ces pauures folets en grande eſioüyſſance
  Ne viennent deuers luy, chercher la ioüyſſance
  Des banquets & des ieux qu'ils penſoient bien y voir.
Mais eſtans arriuez ce Haubereau les happe,
   Les deſpece & meurtrit, & pas vn ſeul n'eſchappe,
  Qu'il ne ſoit pour ſeruir à ſon cruel deſir.
Puis qu'on ſe laiſſe auoir par ces belles paroles
   De nopces, de feſtins, de ſauts & de caroles
  Où l'on trouue la mort pour la fin du plaiſir.

Ceux qui te verront ſe tourneront vers toy, & te regarderont : N'eſt-ce
pas ceſt homme icy qui troubloit la terre, lequel a oppreſſe les Royaumes?
Iſay. 14. 16.

DV LYON ENVIEILLY.

VN Lyon fit beaucoup de mal en ſon ieune aage,
　Mais quand il deuint vieil, le pauure langoureux,
N'ayant plus de pouuoir, trouua force hayneux,
Qui ſe plaiſoient ſans peur de luy faire dommage.
Il n'eſt plus queſtion ny d'honneur, ny d'hommage,
　Quand encor on voyoit vn Pourceau tout fangeux,
Vn Aſne tout pelé, vn Taureau courageux
Luy faiſans à l'enuy toute ſorte d'outrage.
Las! diſoit le Lyon, que mal ie me ſuis mis
　A faire, vn temps qui fut, tant & tant d'ennemis,
Et que c'eſt par trop tard que ie vien à m'en plaindre.
Les Grands doiuent ſçauoir que le temps doit changer,
　Qu'il n'y a point pourtant de plus certain danger,
Que de hayr autruy, & de ſe faire craindre.

Mon fils, si les pecheurs te veulent atraire, ne leur consens point. Prou.1.10.
Sois continuel auec l'homme sainct, quel qu'il soit, que tu cognoistras garder la
crainte de Dieu, duquel l'ame est selon ton ame.   Ecclef.37.15.

DV BOVC, DE L'AGNEAV, ET DV LOVP.

VN Bouc & vn Agneau s'estans donnez la foy,
    Trouuent vn meschant Loup dedans vne prairie,
Venant sous vn parler, tout plein de piperie,
Dire ainsi à l'Agneau qui trembloit tout d'effroy.
Mon fils, quitte ce Bouc, & t'en vien auec moy,
    Vn Bouc püant ne faict que toute fascherie;
Vois-tu qu'il est cornu, que s'il entre en furie,
    Comme il faict tous les iours; pauuret, c'est faict de toy.
Mais le Bouc tout gaillard marchant d'vn braue pas,
    Dit ainsi à ce Loup, passe outre, où tu sçauras
    Que ce n'est pas en vain qu'vn furieux menace.
Qui s'accompagne donc de toutes gens de bien,
    Ne peut estre en danger; ny se trouuer en place
    Qu'a rencontre qu'il ait, tout luy tourne à bien.

O pareſſereux, va au fourmy, & aduiſe ſes voyes, & apprend ſapience. La-
quelle combien qu'elle n'ait ne Docteur, ne Maiſtre, ne Prince, elle appareille en
Eſté ſa prouiſion, & aſſemble en la moiſſon ce qu'elle doit manger. Prou.6.6.

DE LA MOVSCHE, ET DV FOVRMY.

LA Mouſche ſe vantant de ſa belle demeure,
  Et diſant au Fourmy, que meſme tout le bien,
Iuſqu'au manger des Roys, à ſon vueil eſtoit ſien,
L'autre reſpond ſans plus, que pour viure il labeure.
C'eſt vie de Cheual (ce dit la Mouſche à l'heure)
  De trauailler touſiours: & de ne faire rien
  (Reſpondit le Fourmy) c'eſt la vie d'vn Chien,
  Ou d'vn vilain Pourceau : & laquelle eſt meilleure?
Apres tous ces debats, l'Hyuer vient tout griſon,
  Sous lequel meurt la Mouſche, alors qu'en ſa maiſon
  Le Fourmy mangeottoit ſon petit ordinaire.
Il eſt donc plus heureux qui faict vn petit train,
  Et par ce moyen gaigne honneſtement ſon pain,
Que de chercher ſon aiſe & ne vouloir rien faire.

Mais toy Dieu, tu les meneras au puits de perdition. Les hommes eſpan-
dans ſang, & pleins de tromperie, ne paruiendront point à la moitié de leurs
iours.   Pſal. 54. 24.

LE DRAGON, ET L'ELEPHANT.

LE Dragon cauteleux, d'vne nuyſante enuie,
  Aborde l'Elephant, qu'il taſche à oppreſſer:
  Et pour plus ayſément contre luy ſe dreſſer,
  Les iambes, de ſa queuë, à l'inſtant il luy lie.
Tandis que l'Elephant de ſon groin ſe deſlie,
  Le Dragon ſur ſon col eſt prompt à s'eſlancer,
  Afin qu'il puiſſe mieux tout le ſang luy ſuccer:
  Duquel eſtant remply, en affame ſa vie.
Or auſſi l'Elephant s'affoiblit chancellant,
  Tellement, que des pieds le Dragon va foulant,
  Plus de mal luy faiſant qu'il n'en reçoit luy-meſme.
Les ſanguinaires font aux innocens ainſi,
  Leur ſucçans chair & ſang ſans pitié ny mercy;
  Mais ils en ont en fin angoiſſe plus extréme.

Qui recommencera à raconter sa misericorde ?
Ecclef. 18. 3.

L'OVRS, ET LES ABEILLES.

VN Ours ayant mangé du miel qu'il appetoit,
　Des Abeilles il fut piqué d'estrange sorte :
Dequoy fort irrité, les ruches il transporte,
　Tout ce dessus dessous, par le mal qu'il sentoit.
Les Abeillettes lors, voyant qu'ainsi estoit
　Renuersé leur manoir, d'vne rigueur plus forte
Le viennent assaillir, dont il se desconforte :
　Mais pour sa dure peau l'assaut mieux il portoit.
Or sa teste, ses yeux, son museau, ses oreilles,
　Furent si bien traittez de ces fieres Abeilles,
　Qu'en amer fut changé le doux de son manger.
Mieux m'eust valu (dit-il) porter vne pointure,
　Que pour m'estre vangé souffrir peine si dure :
　Qui peut souffrir vn peu, faict mieux que se vanger.

Ne dis point, ie luy feray ainsi qu'il m'a faict, & ie rendray à vn chacun selon son œuure.   Prouerb. 24. 29.

LE CORBEAV, ET LE SCORPION.

CE Corbeau, qui auoit du Scorpion senty
    Le dangereux venim, à s'en venger il tasche,
Et prend le Scorpion, qui tellement se fasche,
Qu'apres s'en est trop tard le Corbeau repenty :
Car il est de douleur si fort appesanty,
    Pour le mortel venim, qui à son corps s'attache,
Et deuient peu à peu si debile & si lasche,
Qu'il se trouue à la fin confus & amorty.
S'il se fust appaisé à sa peine premiere,
    Pas il n'eut enduré ceste angoisse derniere :
Il faict mauuais se prendre à plus mauuais que luy.
Tel se pense vanger, qu'autre de luy se vange :
    Qui tasche à faire mal, reçoit mal en eschange,
Et souuent est vaincu, qui pense vaincre autruy.

On

Or donnez-vous garde des faux Prophetes, qui viennent à vous en veſte-
mens de Brebis, mais par dedans ſont Loups rauiſſans. Matth. 7.1.5.

LE LOVP EN HABIT DE BREBIS.

EN habit de Brebis vn Loup ſ'alla veſtir,
   Tant eſtoit cauteleux, & remply de malice:
  Puis en ce point ſen va (contrefaiſant le nice)
  Mettre auec les Brebis, ſans d'elles ſe partir.
Il les accompagnoit à entrer & ſortir,
   Et tandis les meurtrir, eſtoit ſon exercice:
  Si toſt que le Berger cogneuſt ſon malefice,
  Le va pendre à vn arbre ainſi, ſans deueſtir.
Autres Bergers iugeoient que c'eſtoit vne oüaille,
   Mais le cognoiſſans Loup deſſous ſon veſtement,
  Dirent, que ſelon l'œuure on a le payement.
Tel ſemble eſtre bien bon, que ce n'eſt rien qui vaille,
   Bien que de ſainⅽteté il ſemble eſtre veſtu:
  Souuent l'impieté ſe couure de vertu.

                              F

Soyez ſobres, & veillez: d'autant que voſtre aduerſaire le diable chemine
comme vn Lyon bruyant à l'entour de vous, cherchant quelqu'vn pour
deuorer.   1. Pier. 5. 8.

LE LOVP, ET LE HERISSON.

VN Loup tout affamé vint contre vn Heriſſon,
   Le penſant deuorer, mais approcher n'en oſe,
   Le voyant bien armé : & pourtant il propoſe
De parler auec luy d'vne douce façon.
Eſcoute, amy, (dit-il) & entend ma leçon,
   Il eſt paix, & la faut garder ſur toute choſe:
   Mets donc les armes bas, & ſeurement repoſe,
   Car ie n'ay pour te nuire aucune marriſſon.
Non, non, (dit le Heriſſon) ie veux garder mes armes
   Contre ceux qui viendront me faire aucuns alarmes;
   L'vne eſpée retient l'autre dans le fourreau.
Il eſt fort prudent, qui à ſoy bien regarde,
   Ne croyant les trompeurs, & qui eſt ſur ſa garde
   Lors que ſon ennemy, ſe feignant, parle peu.

N'introduits point tout homme en ta maison : car les trahisons du cauteleux
sont diuerses.   Ecclef. 11. 31.

LE HERISSON, ET LE SERPENT.

VN Herisson s'adresse au Serpent, & luy prie,
    Qu'il le laisse auec luy (l'Hyuer) en paix loger,
L'accord faict, il y va : mais par trop se bouger,
En virant & roulant, au Serpent il ennuye.
Tu ne deurois (dit-il) me faire fascherie,
    En me piquant ainsi, c'est par trop m'outrager :
    Ce lieu est fort estroit, vueilles donc desloger ;
I'ayme mieux estre seul, qu'à telle compagnie.
Mais puis que tu ne peux ma presence endurer,
    Dit l'Herisson, va-t'en, sans icy demeurer :
    Le Serpent, pour son bien, va chercher autre place.
Tel pense estre seigneur, qui n'est que seruiteur :
    Ainsi aduient à ceux qui font à maints faueur,
    Pour les voir gens de bien seulement à la face.

                              F ij

Ceux qui diſent au meſchant, tu es iuſte: les peuples le maudiront, & les
lignées les auront en deteſtation.　　　Prou. 24. 24.

LE CHAMELEON.

LE Chameleon prend de l'air ſa nourriture,
　Ouure touſiours ſes yeux, ſes griffes aſpres ſont,
En toute autre couleur à ſe changer eſt prompt;
Mais il ne prend iamais rouge ou blanche teinture.
Les flatteurs ont auſſi vne telle nature,
　Preſque ils viuent de rien, comme ſemblant ils font:
Mais chez les grands Seigneurs iournellement ils vont
Faire mille rapports, pour y faire paſture.
Plus ſouuent de propos changent ces battelleurs,
　Que le Chameleon ne change de couleurs:
Et pourtant vn chacun n'en deuroit tenir conte.
Comme ils ne changent pas en rouge ny en blanc,
　Iaçoit qu'en tous leurs dicts il n'y ait rien de franc,
Auſſi n'ont-ils iamais ny pureté ny honte.

Ton arrogance, & l'orgueil de ton cœur t'a deceu: toy qui demeure és cauer-
nes de la pierre, & t'efforces de prendre la hauteſſe de la petite montagne.
Ierem. 49.16.

LE BELIER, ET LE TAVREAV.

VN Belier mieux cornu que les autres n'eſtoient,
　　De tous ſes compagnons vouloit eſtre le maiſtre,
Les tenans ſi ſubjects, que nul d'eux n'oſoit paiſtre
Sans luy porter honneur, telle crainte en auoient.
Voyant donc que ceux-cy tellement l'honoroient,
　Tant accreut ſon orgueil, qu'il ſoſa bien promettre,
　Que d'autres animaux ſe viendroient auſſi mettre
En ſa ſubjection, & luy obeyroient.
Or il void vn Taureau, lequel il veut combattre,
　Et luy donnant le choc, le penſoit bien abbatre:
　Mais toup à coup il fut (luy-meſme) rué à bas.
Aucuns de bas eſtat, tant ſeulement ne greuent
　Leurs pareils, mais auſſi contre les grands ſ'eſleuent:
　Et de l'orgueil qu'ils ont ne ſe cognoiſſent pas.

F iij

Apprenez à bien faire. Querez iugement, aydez celuy qui est oppressé:
faictes iugement pour l'orphelin: Deffendez la veufue.   Isa. 1. 17.

LA POVLE, ET SES POVSSINS.

CEs trois Oyseaux de proye aduisans vne cage
    Et vne Poule aupres, qui ses Poulsins gardoit,
Volettoient à l'entour, car chacun pretendoit
Les rauir, mais la Poule empescha ceste rage.
Contre ses affamez elle print tel courage,
    Et si soigneusement la cage enuironnoit,
    Qu'en voulans approcher, elle les estonnoit;
Se deffendant si bien, qu'elle n'eut nul dommage.
Elle aduance le bec contre ces ennemis,
    Et se met au hazard pour garder ses petis,
    Qui par elle sont mis en plus grande asseurance.
Il faut deffendre ainsi contre tous rauisseurs,
    Les pauures innocens, & les rendre plus seurs:
    Qui se sent oppressé, souhaitte deliurance.

Aucun est amy selon le temps, & ne demeurera point au iour de la tribula-
tion. Ecclef. 6. 8. *Aucun auffi est amy, compagnon de la table: mais il ne*
demeurera pas au iour de neceffité.   Ecclef. 6. 10.

LE LABOVREVR, ET LA SOVRY.

VN Laboureur plaisant, qui volontiers beuuoit,
    De sa natiuité faisoit tous les ans feste:
Et lors deuant sa Ferme, ayant le boire en teste
Faisoit faire vn grand feu, voilà comme il viuoit.
Le vent de grand mechef, vn coup si fort souffloit,
    Que sa maison brusla, & n'en eschappa beste:
Le Laboureur voyant vne Soûry ja preste
A s'eschapper, la iette au feu, que tout brusloit.
Beste ingrate (dit-il) moy viuant en delices,
    Tu receuois chez moy beaucoup de benefices,
    Veux-tu m'abandonner en ma neceffité?
Faisant grand chere, on a beaucoup d'amis de table:
    Mais si fortune tourne, ô chose bien notable!
    Ils delaissent l'amy en son aduersité.

Vne fontaine iette-elle d'vne mefme fource eau douce & amere? Mes fre-
res, vn figuier peut-il produire des oliues, ou vne vigne des figues? Ainfi
nulle fontaine ne peut faire eau falée & douce.   S.Iacq. 3.11.

LE PAYSAN, ET LE SATYRE.

VN Payfan trouuant vn Satyre en vn bois,
   Qui de froid tremblottoit, à fa maifon le meine:
   Y eftans arriuez, le Payfan met peine
   A souffler en fes mains, pour refchauffer fes doigts.
La femme à chacun d'eux, ainfi comme tu vois,
   Donne de papin chaud vne efcuelle pleine:
   Le pauure Payfan de volonté foudaine,
   Pour pluftoft eftre froid, le fouffle plufieurs fois.
Le Satyre efbahy, trouue cela eftrange,
   Que la chaleur en froid d'vne bouche fe change;
   Parquoy il commença à foupçonner, difant:
Tel a le feu en main, qui l'eau en l'autre porte:
   Garder fe faut de ceux qui font en telle forte:
   Tel monftre beau femblant, qui tafche eftre nuifant.

                              Qui

Ne vueille point en beaucoup de manieres enquerir choses superfluës.
Ecclef. 3. 24.

L'AIGLE, ET LE LIMASSON.

VN Limaffon promet vne Gemme excellente
   A l'Aigle,& qu'en l'air, haut, le porte feurement:
Car de ramper ainfi continuellement
Sur la terre (dit-il) ce n'eft plus mon entente.
L'Aigle le porte haut, fans faire longue attente,
   Où il euft du plaifir, mais gueres longuement,
   Car elle demanda bien toft fon payement:
Mais le pauuret n'euft pas pour la rendre contente.
Dont pleine de courroux tellement l'eftraignit,
   Que de fort lamenter elle le contraignit:
   Qui n'a rien pour donner, il ne doit rien promettre.
Si plufieurs demeuroient en leur eftat contens,
   Sans f'efleuer trop haut, ils auroient meilleur temps,
   Qu'à la mercy d'autruy leur vie en danger mettre.

G

Plufieurs font morts en gourmandife : mais celuy qui s'abftient alongera fa
vie.   Ecclef. 27. 34.

L'ESCOVFLE, ET LE COVCOV.

D'Vn Coucou fe mocquoit vne Efcoufle, difant,
  Qu'il n'ofoit rien manger que vers par coüardife:
Il aduint peu apres, que l'Efcoufle f'aduife
De rauir des Pigeons, où il eft f'amufant.
Tandis vn villageois, qui ne fut trop mufant,
  L'attrape dans fa ret : puis ayant cette prife,
  Au plus haut d'vne tour honteufement l'a mife,
  Pour eftonner tout autre ainfi que luy faifant.
Voire (dit le Coucou) le voyant ainfi pendre,
  Si tu euffes voulu (comme i'ay faict) apprendre
  A ne manger que vers, on ne t'euft pas là mis.
Il vaut mieux feurement en fobrieté viure,
  Que hazarder fa vie, & fon appetit fuiure:
  Toufiours en mal-faifant on a des ennemis.

Mais il leur dit : N'auez-vous point leu ce que fit Dauid, ayant faim, &
ceux qui estoient auec luy ? Matth. 11. 3.

LE MILAN, ET LE ROSSIGNOL.

VN Milan fameilleux, prest à faire dommage,
  Rauit vn Rossignol, qui le prie humblement
De le prendre à mercy, & que soigneusement
Il fera son deuoir de luy porter hommage.
A quoy me pourrois-tu faire quelque aduantage,
  Demande le Milan, dy-le moy promptement?
  A chanter deuant toy melodieusement,
(Respond le Rossignol) ie ne sçay autre ouurage.
Non, non, dit le Milan, cela ne me duit pas,
  Ton chant ne me sçauroit contenter de repas:
  A vn ventre affamé le chant n'est delectable.
Vn chacun peut assez cognoistre par cecy,
  Qu'il faut premier auoir du principal soucy,
  Laissant, pour son profit, ce qui n'est profitable.

Celuy qui rend le mal pour le bien, le mal ne ſe partira point de ſa maiſon.
Prou. 17. 13.

LE RVSTIQVE, ET LA COVLEVVRE.

EN Hyuer, ſur la neige, vn Payſan trouua
  Vne Couleuure, eſtant (de froid) à demy-morte,
  De pitié qu'il en euſt à ſa maiſon l'apporte,
  Où en la reſchauffant la vie luy ſauua.
Ayant ſenty le chaud, ſoudain elle ſen va
  Toute emplir la maiſon du venim qu'elle porte:
  Suis-je recompenſé de toy en telle ſorte,
  Ce dict le Payſan? que fort elle greua.
Lors prend vne coignée, & frappe de grand'force:
  Mais la Couleuure auſſi à le tuer ſ'efforce,
  D'vne fiere rigueur luy iettant ſon venim.
C'eſt grande ingratitude, & trop dangereux vice,
  Faire mal à celuy qui luy a faict ſeruice:
  Il va bien quand on eſt l'vn à l'autre benin.

Pour la froidure le pareffeux n'a point voulu labourer, il mendiera donc en
Efté , & ne luy fera rien donné.   Prou. 20. 4.

DE LA CIGALE, ET DV FOVRMY.

AVffi toft que l'Hyuer aux champs euft faict venir
   Ses glaçons & frimas, le Sautereau s'adreffe
Au Fourmy, le priant qu'à fa grande detreffe
D'vn peu de fon amas luy plaife fubuenir.
Le Fourmy luy refpond, qu'il peut fe fouuenir
   Du beau temps de l'Efté, où l'on oyoit fans ceffe
   Dans les bleds le grand bruit de fa voix chantereffe,
   Au lieu de bien penfer à vn temps aduenir.
Penfe bien (ce dit-il) qu'ores qui ne labeure,
   Mais fe donne bon temps, qu'il faut que pauure il meure,
   Et que fon beau plaifi luy foit bien cher vendu.
Sçache donc que celuy-là qui penfe toufiours rire,
   Qu'vn temps pourra venir qu'il faudra qu'il foufpire,
   Recognoiffant trop tard le temps qu'il a perdu.

                        G iij

L'esperance de l'ingrat s'esuanoüira comme la glace de l'Hyuer, & se perdra
comme l'eau qui ne sert de rien. Sap. 16.29.

DV LOVP, ET DE LA GRVE.

LE Loup qui promettoit vn thresor indicible,
  Si on luy ostoit vn os dedans son gosier mis,
   Vid la Gruë, & luy dit, ô l'heure de mes amis,
   Oste-moy, ie te prie, ce mal s'il est possible.
Lors elle met son col dans sa gorge terrible,
  Et tire l'os ainsi qu'on luy auoit commis:
   Puis luy dit, donne-moy ce que tu m'as promis,
   Et lors d'auecque toy ie m'en iray paisible.
As-tu bien (dit le Loup) vn esprit si grossier
  De ne penser, qu'ayant ton col dans mon gosier
   Ie t'eusse peu tuer? va-t'en donc, & y pense.
La Gruë adonc partit, disant que c'est le gain
  Qu'on peut tousiours attendre, auecque tout desdain,
   Du bien-faict à l'ingrat pour toute recompense.

Le pain de menſonge eſt ſöüef à l'homme, & apres ſa bouche ſera remplie de ſablon. **Prou. 20.17.**

Du Berger qui crioit touſiours au Loup.

VN gardeur de Brebis, ne faiſant rien qui vaille,
   Crioit aux villageois : hau bonnes gens, voila
Le Loup dans mon paſquis, & venez toſt, il a
Vn de mes bons Moutons, ô combien ie trauaille?
Mais chacun voyant bien que ce ruſtre ſe raille,
   Apres deux & trois fois qu'ils eſtoient venus là,
   Le Loup en rauit vn, lors le Berger, Holà
Dit-il, c'eſt à coup que le Loup tien mon oüaille.
Et venez (eſtoit-il criant à pleine voix)
   Ie vous dy que le Loup eſt icy ceſte fois;
   Mais on laiſſe ce fol ſ'enroüer de crierie.
Ainſi voila que gaigne vn menteur effronté,
   Que meſmes en l'oyant dire la verité,
   On penſera touſiours que ce ſoit menterie.

L'homme qui en douces & sainctes paroles parle à son amy, il estend les rets deuant ses pas.   Prou. 29. 5.

DV LOVP, ET D'VNE TRVYE.

VN Loup voyoit de loing vne Truye fort pleine
    Qui vouloit cochonner, la Coche l'aduisant
Rauire ces croceaux contre ce Loup nuisant,
    Qui luy dit, qu'il vient là pour l'ayder en sa peine.
Oy, ie suis bon amy, dit le Loup, & sans haine,
    Ie vien pour te garder diligent, suffisant,
    Et pour ne faire rien qui te soit desplaisant:
En tout cela ie suis la beste souueraine.
Non, la Coche respond, qui que tu sois, ie voy
    Que tu semble vn Loup par trop espouuantable
    A mes petits cochons, va donc bien loing de moy.
Que ce repoussement est grandement notable:
    D'accorder au meschant d'estre son gardien,
    Helas, & que peut-il en aduenir de bien?

                                Ne regarder

Donnez-vous garde des faux Prophetes, qui viennent à vous en veſtemens
de Brebis, mais par dedans ſont Loups raniſſans. Matth. 7. 15.

D'VNE FEMME, ET DE SA GELINE.

VNe femme vn temps fut, auoit vne Geline,
  Qui fut de ſa maiſon l'vnique & ſeul ſecours,
D'autant qu'elle donnoit vn œuf d'or tous les iours:
Dont elle euſt par ſa mort vne entiere ruine.
Donc la femme penſant qu'au fond de la poitrine
  De ceſte Poule, fut vn threſor pour touſiours:
  La malheureuſe adonc ſans faire long diſcours,
Par vn coup de couſteau ceſte Poule extermine.
Ne trouuant rien dedans, alors elle ſ'eſcrie:
  O combien l'auarice eſt pleine de folie?
  Par là de mon vaillant ie ſuis venuë à bout.
Donc l'homme conuoiteux le plus ſouuent qui penſe
  S'aduancer en grands biens, par la folle deſpenſe
  Qu'il faict ſans iugement, ſon bien ſ'en va du tout.

                               H

Ne permets point que iamais orgueil domine en ton sens, ny en sa parole;
car en iceluy toute perdition a prins son commencement. Tob. 4. 14.

DV REGNARD, ET DES CHATS.

VN Regnard cheminoit auecques certains Chats,
    Qui s'esleuoit sur eux pour sa ruse & vistesse,
Disant qu'ils n'estoient rien, hors vn peu d'allegresse:
Pour les bien exalter, que des mangeurs de Rats.
Les Chats sur ce propos voyent tout à leurs pas
    Des Chiens flairans leur trace: adonc par leur souplesse
Sont bien tost sur vn arbre, où c'est que la finesse
De ce gentil vanteur est surprise au pourchas.
Alors, dit le Regnard, que ceux-là mal se prisent,
    Qui se vantent de vent, combien mal ils desprisent,
Ceux qui les sont voyans en leur gloire trompez.
Tel se mocque d'autruy qui meurt en fin de honte:
    Et tel blasme ceux-là desquels il faict grand conte,
Quand il se void aux lacqs, dont ils sont eschappez.

Car qui eft-ce qui te met en reputation? & qu'eft-ce que tu as, que tu
n'ayes receu? & fi tu l'as receu, pourquoy t'en glorifies-tu, comme fi tu
ne l'auois point receu? 1. Corinth. 4. 7.

L'AVSTRVCHE, ET LE ROSSIGNOL.

L'Auftruche fe vantoit de fon braue plumage,
Et le Roffignolet de fon chant gringoteux:
Enfemble debatans, vouloient auoir tous deux
Sur tous autres Oyfeaux de l'honneur l'auantage.
Mes plumes, dit l'Auftruche, apportent grand gaignage,
Pour feruir d'ornement aux hommes genereux:
Et, dit le Roffignol, par mon chant doucereux,
Aux Amans langoureux i'efueille le courage.
Ton plumage, dit-il, n'eft qu'amorce d'orgueil:
L'Auftruche à ce propos, engendrant quelque dueil,
Se teut: lors en chantant, le Roffignol fenuole.
Aucuns eftans douez de faconde ou beauté,
S'eftiment les premiers d'vne communauté,
Par eftre trop enflez d'vne arrogance fole.

H ij

Qui dit qu'il cognoiſt Dieu, & ne garde point ſes commandemens, il eſt
menteur, & verité n'eſt point en iceluy.   1. Ioan. 2. 4.

D'VNE MVLE.

VN iour fut qu'vne Mule ayant touſiours bon temps,
   La paille iuſqu'au ventre, à ſon aiſe, bien graſſe,
Vantoit à cor & cry ſon ancienne race
   De genets, de courſiers, & d'vn bien fort long-temps.
S'il faut courir, bondir, c'eſt à quoy ie m'entens,
   Diſoit-elle, & ſi fay le tout de bonne grace:
   Ainſi pour l'eſſayer elle eſt menée en place,
   Où l'on donnoit carriere aux cheuaux excellens.
Mais à la Mule eſtant toute courſe incogneüe,
   Ie me cognoy, dit-elle, & d'où ie ſuis venüe
   D'vn vieil Aſne, à ſçauoir, qui m'a faict en ce point.
Ainſi void-on touſiours que c'eſt que de l'eſpreuue,
   Car à ceſt heure-là tel qu'on eſt on ſe treuue,
   Où c'eſt qu'à ſon repos on ne le ſçauoit pas.

Crain Dieu, & garde ſes commandemens : car c'eſt le tout de l'homme.
Ecclef. 12.

DV VRAY DEVOIR.

AYmez Iuſtice, vous qui la terre iugez,
   Et ſi vous abondez en richeſſe mondaine,
N'y mettez voſtre cœur: mais fuyant choſe vaine,
Faiᶜtes droiᶜt deuant Dieu, aydant les affligez.
Et imitant le bien, du mal vous eſtrangez:
   Car, ainſi comme dit la bonté ſouueraine,
   Le iuſte fleurira (ſa parole eſt certaine)
   Comme la Palme faiᶜt: en ce vous ſoulagez.
Exercez donc Iuſtice, & ce qu'elle commande,
   Rendant à vn chacun le droiᶜt qu'il vous demande,
   Et vous ferez de Dieu & des hommes amis.
Pour exemple ſuiuez la Cigoigne amiable,
   Qui d'vn droiᶜt naturel, certes bien admirable,
   De ſon nid tous les ans diſme vn de ſes petis.

Ne ſçauez-vous point que quand on court à la lice, tous courent, mais vn ſeul
emporte le prix? courez tellement que vous l'emportiez. 1.Cor. 9. 24.

DV LIEVRE, ET DE LA TORTVE.

VN Liévre ſe vantoit de la dexterité
　　Qu'il auoit à courir, & blaſmoit la Tortuë,
De ceſte peſanteur dont elle eſt reueſtuë;
Pourtant il demandoit ſur elle authorité.
Elle dit, qu'elle eſt preſte à ſa legereté
　　De donner le combat. Soit vne ſource eſleüe
　　Pour le terme arreſté: qu'elle eſt bien reſolüe
　　Que la honte iamais n'ira de ſon coſté.
Ce faict, là où le Liévre eſt content d'vne courſe,
　　Nuict & iour la Tortüe eſt apres ceſte ſource,
　　Qu'elle atteint la premiere ingenieuſement.
Que c'eſt là voirement vne belle ſcience,
　　En trauaillant touſiours, que d'auoir patience,
　　Sçachant comment il faut ſe haſter lentement.

Vous n'affligerez nulle veufue, ne nul orphelin. Que si vous les affligez, & ils crient à moy, i'orray leur cry, & ie me courrouceray, & vous tueray de glaiue, & vos femmes seront veufues, & vos enfans orphelins. Exod. 22. 22.

DV CORBEAV, ET DE LA BREBIS.

VN deuorant Corbeau, s'estant mis sur le dos
   D'vne pauure Brebis, luy arrachoit la laine
Et luy donnoit encor auecque toute peine
De son gros vilain bec, iusques au suc des os.
Ceste Brebis voyant que c'est sans nul repos,
   Que ce hardy meurtrier sur elle se demeine,
   Et sentant que vers luy sa complainte estoit vaine,
   Ne pouuant autre cas, luy tient ce brief propos.
Bien que tu sois bien fort, tu n'oserois te prendre
   A ce Chien que voilà, & le taster ainsi:
   Il respond, ie sçay bien ce que ie fais aussi.
Que sert de se vouloir ou complaindre ou deffendre
   Enuers quelque mocqueur, ou celuy qui se plaist
   A mal faire tousiours, & de là se repaist?

Tout amy dira, i'ay auſſi conioinct amitié : mais aucun amy eſt ſeulement amy de nom.   Ecclef. 37. 1.

DE DEVX AMIS, ET DE L'OVRS.

A Inſi que cheminoient deux amis ſans ſoucy
    Vn Ours vint au deuant : & ceſte beſte eſtonne
D'vn grand eſtonnement l'vne & l'autre perſonne,
Dont l'vne monte à mont ſur vn arbre obſcurcy.
L'autre ſe couche à dans ſans bouger, & voicy
    L'Ours penſant qu'il fut mort, qui paſſe, & l'abandonne;
    (Car il ne touche aux morts) dont l'autre hôme arraiſonne,
Deſcendant ceſtuy-cy, & l'interroge ainſi.
Amy, que te diſoit ceſt Ours en ceſte voye,
    Et comment as-tu faict pour ne luy eſtre en proye?
    Il ſembloit bien à voir qu'il eut de toy grand ſoin.
Il m'a dit, reſpond-il, qu'vne autre fois ie fuïe,
    Telles gens comme toy, ny qu'oncque ie m'y fie,
    Et qu'on cognoiſt vrayement les amis au beſoin.

                               Demeurer

Et l'homme auquel estoit le mauuais esprit se iettant sur eux & estant mai-
stre d'eux, vsa de force entre-eux, en sorte qu'ils s'enfuyrent nuds.
Act. 19. 16.   Act. 8. 19.

DE L'ASNE, ET DV CHIEN.

L'Asne voyant son maistre vn Chienot caressant,
.Qui sautoit, qui dansoit, disoit, las! ce follastre
Est aymé pour ses sauts, où c'est qu'on me vient battre
Quand ie vien, quand ie vay, & mesme en bien faisant.
Il me plaist de changer, ie feray le plaisant:
Et lors deuant son maistre il faict l'accariastre;
Il brait, & pour sa peine on le bat comme plastre,
Puis on le recommande à quelque lourd Paysant.
En l'estable entraué cest Asne plain de crainte,
A demy mort couché composoit vne plainte
Dessus les pesans coups estans cheus dessus luy.
Qu'il est sage, dit-il, qui tasche de bien faire
Ce qu'il doit, sans vouloir ainsi se contrefaire,
Pour faire le flatteur, ie l'apprend aujourd'huy.

I

Dequoy les Princes & les Preuosts cherchoient occasion pour trouuer quel-
que chose contre Daniel.   Dan. 6. 4.

DV LOVP, ET DE L'AGNEAV.

DEssous vn beau courant, vn Loup se mit à boire,
    Où de mesme y beuuoit plus bas vn pauure Agneau;
Auquel, dit ce vieil Loup, tu troubles donc mon eau,
Baboüin, tellement qu'elle en est toute noire.
Ha ! pour certain iamais ie ne l'eusse peu croire,
    Quand bien ie t'eusse veu quelque cornu Taureau:
    Mais l'Agneau tout tremblant voulant parler: tout beau,
(Ce cria haut le Loup) encor en fais-tu gloire?
Voire encor deuant moy, miserable chetif,
    Ressemblant à ton pere; es-tu bien si hatif
De vouloir sonner mot? non, tu mourras en somme.
Tels void-on les meschans estre en toutes façons,
    Tousiours assez garnis de semblables raisons,
    Quand ils veulent pour fin deuorer vn pauure homme.

Si tu as vn ſeruiteur fidelle, qu'il te ſoit comme ton ame, traicte-le comme ton frere. Ecclef. 33. 30.

DV LARRON, ET DV CHIEN.

VN Larron pertuiſoit vne maiſon de nuict,
  Et pour venir à fin de ſa belle entrepriſe,
Il donne vn pain au Chien, à fin qu'en la ſurpriſe
Il ſe contienne coy, ſans vouloir faire bruit.
Mais le Chien au contraire à grands cris le pourſuit,
  Abboyant, tempeſtant, abandonne & meſpriſe
  Le preſent que luy faict ce Larron qui le priſe,
  Pour le gaigner tant mieux au point qu'il eſt reduit.
O Larron, dit le Chien, à quoy veux-tu pretendre
  Auec ton beau preſent ? penſes-tu me ſurprendre,
  Penſant que ie le prenne à mon grand des-honneur?
Le ſeruiteur, meſchant qui ſe laiſſe corrompre
  Par les dons qu'on luy offre, eſt en danger de rompre
  La foy meſme qu'il doit à ſon propre Seigneur.

I ij

I'ay consideré tous les labeurs des hommes, & ay cogneu les industries estre
subiettes à l'enuie du prochain.   Ecclef. 4. 4.

DV CHIEN ENVIEVX, ET DV BOEVF.

DAns vn pré fus vn foin, vn maftin de village
  Eftoit à fe veautrer, à gronder, à nager,
Quand il void arriuer ce bon Bœuf vfager,
Auquel veut empefcher la moiffon de l'herbage.
Lors le Bœuf le fupplie auec vn doux langage,
  Qu'il fe gardaft trefbien, qu'il vint à l'outrager,
  Luy difant, qu'auffi bien n'en pouuoit-il manger:
Mefme, & qu'il n'auoit rien en tout ceft heritage.
Mais quoy que le Bœuf die, il n'en eft mieux pourtant, I O
  Car le Chien heriffé arrefte nonobftant:
  Que c'eft pour fon plaifir que le foin il referue.
Combien void-on de gens maiftrifer en ce point,
  Degaftans tant de biens qui ne leur feruent point,
  Et ne veulent fouffrir que nul autre fen ferue?

L'amé du meſchant deſire le mal , il n'aura point pitié de ſon prochain.
Prouerb. 21.10.   *Portez les charges les vns des autres , & ainſi vous*
accomplirez la Loy de Chriſt.   *Galat.* 6. 4.

DV CHEVAL, ET DE L'ASNE.

VN Cheual regardoit vn pauure Aſne baſté
   Qui portoit ſon manger, ſupportant ſes brauades,
Et les gaudiſſemens ſur ſes membres malades,
   Qui le prioient en vain pour leur debilité.
Le pauure Aſne y mourut : adonc l'homme irrité,
   Prend treſbien le Cheual, qui faiſoit ſes gambades,
   Qu'il charge de ce faix, de coups , de baſtonnades,
Et de tout l'attirail qu'il auoit merité.
Lors, dit-il, te voilà, qui brauois en ton aiſe,
   Et qui n'eſtois eſmeu du faix ny du malaiſe,
   Que ce pauure chargé portoit deuant tes yeux.
Ceux-là meritent bien qu'on ne tienne aucun conte
   Du grand fardeau qu'ils ont, quand ils ont bien eu honte
   De ſoulager le dos qui trauailloit pour eux.

L'homme qui en douces & fainctes paroles parle à fon amy, il eftend le rets deüant fes pas.   Prou. 29. 5.

DV CORBEAV, ET DV REGNARD.

CE Regnard, qui voyoit au bec de ce Corbeau
 Vne bien bonne part de quelque gras fromage,
Ie voy bien maintenant, dit-il, que ton plumage
Contre le bruit commun, eft excellement beau.
La raifon requiert bien amy, que tout oyfeau,
 Si (dis-je) à ta blancheur refpondoit ton ramage,
 Pour ton merite grand, te vienne faire hommage;
 Et qu'on t'eflife Roy fur eux tout de nouueau.
Alors ce blanc Corbeau en tremouffant croüaffe,
 Et le fromage chet, que le Regnard amaffe,
 Et laiffe là chanter fon Corbeau tout honteux.
Tel eft l'amadoüement de tout flatteur, qui mange
 Le bien de ces dorez, & friands de loüange:
 Et lors que f'en eft faict, il fe plaifante d'eux.

Tout Royaume diuiſé contre ſoy-meſme, ſera deſolé, & maiſon cherra ſur maiſon.   Luc. 11. 17.

DE LA GRENOVILLE, ET DE LA SOVRY.

D E cet aſpre conflict des Raines & des Rats,
   Qui dura ſi long-temps (dont Homere n'a honte
En ſes chants les plus doux d'en reciter le conte)
Il en vint en la paix meſme de grands combats.
Comme vne Raine apres voulant par ces appas
   Tirer (pour ſe venger) vne Soury, fort prompte
De luy promettre aſſez, luy dit, qu'elle ſe conte
De luy faire en ſon lieu vn magnifique repas.
Mais la Raine noya la Soury miſerable,
   Et flottant ſur les eaux, vn Vaultour effroyable
La rauit, & ſon hoſte, à ſes iambes lié.
L'homme meſchant qui taſche à nuire ainſi ſus terre,
   (Die tant qu'il voudra, qu'on luy auoit faict guerre)
En la fin perira, ſans aucune pitié.

Adonc i'oüy vne voix du Ciel, me difant: Bien-heureux font les morts,
qui meurent au Seigneur. Deformais (dit l'Efprit) qu'ils fe repofent de leurs
labeurs, car les œuures leurs fuiuent.   Apocalip. 14. 13.

LE CHEVAL DE GVERRE, ET LA TRVYE.

BIen orné de plumart, d'eftriers, de bride, & felle,
    Seul alloit à la guerre vn Cheual courageux:
    Vne Truye voyant que fort aduantageux
    Et hardy fe monftroit, comme il paffoit l'appelle.
Helas! pauure Cheual, tu t'en va (ce dit-elle)
    Mettre en hazard de mort au combat outrageux:
    Et toy, dit le Cheual, dans ce bourbier fangeux,
    Penfes-tu là trouuer vne vie immortelle?
Tu ne vis que bien peu, puis on te met à mort,
    Sans gloire, ny renom; & moy par mon effort,
    Mourant pour mon Seigneur, i'obtien los perdurable.
Beaucoup ne faifans rien, viuent comme pourceaux:
    Et mangent nonobftant les plus friands morceaux:
    Et plufieurs par leurs faicts, cherchent gloire honorable.

                              S'appriuoifer

Conuerſez en crainte, durant le tẽps de voſtre pelerinage temporel. 1. Pet. 1. 17.
*Amis , ie vous ſupplie comme eſtrangers & voyagers , abſtenez-vous de
deſirs charnels , qui bataillent contre l'ame, ayant voſtre conuerſation hon-
neſte entre les Gentils.* 1. Pet. 2. 11. 12.

LE REGNARD, ET LE LYON.

L E Regnard veid de loing vn fier Lyon venir,
   Dequoy tout fremiſſant, d'vne peur qui le preſſe,
  Il ſe print à fuyr de ſi roide viteſſe,
   Qu'à grand peine on l'euſt ſceu d'vn fort lien tenir.
Autresfois le trouuant, ſe ſceut mieux retenir,
   Entremeſlant ſa crainte auec ſa hardieſſe:
   Mais à la tierce fois ſans crainte à luy ſadreſſe,
   D'autant qu'il le voyoit ſi doux ſe maintenir.
Lors, depuis en auant frequenterent enſemble:
   Ainſi aux eſtrangers peu à peu on ſaſſemble,
  Mais il eſt mal-aiſé de le faire en iour.
Vſer diſcrettement de bonne accouſtumance,
   Faict acquerir des grands priuée cognoiſſance:
  Car (ainſi comme on dit) hantiſe faict l'amour.

                              K

L'eſperance de l'hypocrite perira. Iob.8.13. *Les yeux des meſchans defau-*
dront, & ne pourront eſchapper, & l'eſperance d'iceux ſera abomination
à l'ame. Iob. 11. 20.

Le Lyon, le Sanglier, & le Vaultour.

VN Lyon rencontrant vn Sanglier en ſa voye,
  Se print à l'affaillir bien furieuſement:
Le Sanglier courageux reſiſte vaillamment,
  Et combat le Lyon, pour ne luy eſtre en proye.
Vn Vaultour les voyant, ja tout rauy de ioye,
  Eſperoit qu'vn d'iceux mourroit ſubitement,
  Et qu'il ſ'en repaiſtroit à ſon commandement;
Mais à les regarder pour neant il ſ'employe.
Car les deux champions eſtans fort contre fort,
  Tous laſſez de combattre, ayant faiſt leur effort,
  Ceſſent, & le Vaultour triſte auec faim demeure.
Ceſtuy-là qui attend quelque bien incertain,
  Souuent il eſt deceu d'vn eſpoir trop ſoudain:
  Sage eſt, qui (bien-faiſant) ſur tout en Dieu ſ'aſſeure.

L'homme qui a hafte d'eftre riche, & a enuie fur les autres, il ignore que
difette luy furuiendra.   Prou. 20. 22.

LE LOVP, ET LE REGNARD.

VN Loup gras plein de biens, en fon terrier eftoit:
    Le Regnard le va voir, mais c'eft pour fa viande;
Et en parlant à luy, auec fineffe grande,
    Luy demanda, pourquoy les champs il ne hantoit.
Or voyant bien qu'au Loup ce propos defpitoit,
    Au Berger il f'en va, & le luy recommande:
    Monftrant où il eftoit, fans qu'il en fift demande,
    Dont le Loup fut occis, qui pas ne f'en doutoit.
Le Regnard f'en va lors manger tout à fon aife
    Tout le bien de ce Loup, & fon defir appaife:
    Mais comme il f'en alloit, fut des chiens deuoré.
Ainfi fut-il repeu, aux defpens de fa vie:
    Ainfi fur l'enuieux tombera fon enuie:
    Et diffamant autruy, fera des-honoré.

                                        K ij

Celuy qui parle ce qu'il sçait est Iuge de Iustice, mais celuy qui ment il est tesmoin plein de fraude.   PROU. 1. 12.

Le Renard prisant la chair du Liévre.

VN Mastin de si prés vn Regnard aduisoit,
   Qu'il n'eust sceu eschapper, parquoy il se vint rendre
A luy, le suppliant de ne le vouloir prendre,
Et que pour luy manger sa chair pas ne duisoit.
Mais luy monstrant vn Liévre, humblement luy disoit,
   Que la chair il auoit bien plus friande & tendre :
   Or le Liévre eschappé, vint le Regnard reprendre,
Luy demandant, pourquoy à tort il l'accusoit.
Non fay, dit le Regnard, mais plustost ie te prise :
   Car ie dy que tu es d'vne nature exquise,
   Et que ta chair beaucoup plus que la mienne vaut.
Aucuns pour se garder, autres à tort accusent;
   Puis feignans d'estre amis finement ils s'excusent :
   Et pourueu qu'ils soient bien, des autres ne leur chaut.

Vien à moy, & ie donneray tes chairs aux volailles du Ciel, & aux beftes
de la terre.   1. Sam. 17. 44.

LE TAVREAV, ET LA SOVRY.

DE tel orgueil eftoit enflé ce fier Taureau,
   Qu'en force il n'eftimoit vn autre à luy femblable,
Et luy fembloit auffi qu'il eftoit indomptable,
Dont il en monftroit bien le figne à fon mufeau.
Tandis qu'il diftilloit cecy en fon cerueau,
   Vne Soury fen vient à luy non comparable,
Et mord bien fort au pied ce Taureau redoutable;
Puis fen court en fon trou, qui luy fert de chafteau.
Ce cornu fautelant, de courroux, & de rage,
   Court pour la deuorer, d'vn furieux courage,
Mais il ne peut entrer au lieu où elle eftoit.
Pourtant ne faut-il pas foible eftimer la force
   De quelconque ennemy, quand à nuire il fefforce:
Le petit peut fouuent nuire au grand, quel qu'il foit.
K iij

Maintenant voſtre abondance ſubuienne à leur indigence, à fin qu'auſſi leur
abondance ſoit pour voſtre indigence, à ce qu'il ait equalité. 2.Cor.8.14.

LE SINGE, ET LE REGNARD.

L E Singe au Regnard vint luy faire humble priere,
   Qu'il luy vueille donner de ſa queuë vne part,
Diſant, qu'en ayant moins il ſeroit plus gaillard;
Auſſi qu'il luy feroit amitié ſinguliere.
Pour le mieux eſmouuoir, luy monſtroit ſon derriere,
   Tout nud, tout deſcouuert, faiſant le papelard,
   Afin qu'il fut couuert, mais le vilain Regnard
Met (en le meſpriſant) ſa requeſte en arriere.
Luy diſant, que ſa queuë en rien ne luy nuiſoit,
   Et n'en vouloit oſter, car toute luy duiſoit:
   Voila comme vn vilain pour n'aſſiſter ſ'excuſe.
Semblables au Regnard (certes) trop de gens ſont:
   Car ayans bien dequoy aux pauures bien ne font,
   Tant auare deſir les retient & abuſe.

Mais tous hommes sont vains, esquels n'est point la science de Dieu, & qui
n'ont peu entendre celuy qui est par les choses qui sont veües estre bonnes, & en
considerant les œuures n'ont pas cogneu celuy qui estoit l'ouurier. Sap.13.1.

LE LOVP, ET LA TESTE DE L'HOMME.

VN Loup estant vn iour chez vn tailleur d'images,
 Vid vne teste d'homme ouurée exquisement :
Et apres l'auoir pris & tenu longuement,
Il en fut esbahy sur tous autres ouurages.
Tu passes en beauté (dit-il) maints personnages,
 Mais le principal poinct te deffaut voirement :
 C'est, qu'il n'y a en toy sens ny entendement,
Dont faire tu ne peux profitables vsages.
Pas n'est tant à priser la beauté d'humain corps,
 Qu'apparoistre l'on void seulement au dehors,
 Que l'esprit bien orné de sagesse & prudence.
Combien que l'homme soit d'excellente beauté,
 Ne doit estre estimé, si prudence & bonté
 Ne font auecque luy constante residence.

Menſonge eſt mauuais blaſme en l'homme, & ſera continuellement en la
bouche de ceux qui ſont en diſcipline.   Eccleſ. 20. 25.

LE CERF, ET LA BREBIS.

LE Cerf fit la Brebis deuant le Loup venir,
    Et veut que promptement vn muid de bled luy paye,
   Qu'elle me doit, dit-il, dont la Brebis ſeſmaye,
   Diſant, que de la dette elle n'a ſouuenir.
Le Loup dit, qu'il falloit pour de frais ſ'abſtenir,
    Que la Brebis payaſt : La pauurette ſ'effraye,
   Promet de ſatisfaire, & le Cerf ſ'en eſgaye,
   Penſant qu'elle deuoit ſa promeſſe tenir.
Au iour pris, le Cerf vint, cuidant auoir recete :
    Mais la Brebis dit lors, en luy niant la dette,
   Que promeſſe n'a lieu eſtant forcée ainſi.
Ainſi beaucoup de gens font tort par leur puiſſance
    Aux foibles, pour auoir de leurs biens ioüyſſance :
   Mais le foible peut bien tromper le fort auſſi.

Faire

Pource auſſi le Souuerain a les pecheurs en haine , & rendra vengeance aux
meſchans. Eccleſ. 12. 6.

LA CHEVRE, ET LE IEVNE LOVP.

VNe Chévre ſortant de l'eſtable ſ'en va
   Seule au champ, où vn Loup tout ieune vint à elle,
Qui ſe print à ſuccer le laict de ſa mammelle :
   Auquel vne ſaueur agreable il trouua.
Ainſi par vn long-temps, d'iceluy ſ'abreuua :
   Nonobſtant toutesfois, ne cherchoit que cautelle,
   Pour la Chévre tromper ; qui eſtoit ſi fidelle,
   Qu'oncques (le nourriſſant) elle ne le greua.
Quand le Loup deuint grand, la Chévre lors commence
   A craindre, & ſe garder : car au vray elle penſe,
   Qu'elle nourrit celuy qui ſa ruine veut.
C'eſt vne vertu grande, & auſſi ſalutaire,
   D'eſtre à ennemy au beſoin volontaire :
   Mais il ſe faut garder de luy, le plus qu'on peut.

                          L

Les paroles des mefchans font embufches au fang : mais la bouche des iuftes
les deliurera.   Prouerb. 12. 6.

LE CHAT, ET LE POVLET.

A Vn Poulet f'en vint vn Chat malicieux,
  Et le grippe trefbien, difant, que par droiture
Il auoit merité de fouffrir la mort dure,
Pour la punition de fon faict vicieux.
Car tu iuches, dit-il, ie l'ay veu de mes yeux,
  Sur ta mere & ta fœur : ô grande forfaicture !
  Puis tu cries fi haut durant la nuict obfcure,
  Que plufieurs en t'oyant deuiennent ennuyeux.
Le Poulet f'excufant, dit qu'à mal il ne penfe,
  Ains fuit fon naturel : mais fans plus d'audience,
  Le Chat le fit mourir, & de luy fe repeut.
Le mefchant, qui d'autruy veut la mort ou dommage,
  S'il n'a par droict fur luy pour le nuire aduantage,
  Par force & à grand tort il le fera, f'il peut.

L'homme fin voyant le mal , il fe cache : mais les lordaux paffent outre ,
& en reçoiuent dommage. Prouerb. 27. 12.

LE VIEIL CHAT, ET LES SOVRIS.

CE Chat pour fon vieil aage eftant plein de vieilleffe,
Ne fçauoit plus courir, pour auoir promptement
Les Rats & les Souris à fon commandement;
Qui auoient defia pris fort grande hardieffe.
Parquoy en f'aduifant de nouuelle fineffe,
Dans vne May f'en va mettre tout coyement,
Pour viure deformais vn peu plus aifément,
Laiffant Rats & Souris f'abufer en lieffe.
Ah! dit-il, les voyant, bien ie vous tromperay,
Puis qu'approchez fi prés, ie vous attraperay:
Ainfi l'vn apres l'autre eftoient pris en la place.
Neceffité contraint quand la force deffaut,
De chercher le moyen comme ayder il fe faut:
Car fouuent (comme on dit) fcience force paffe.

L ij

Et le Roy Ioas n'auoit aucune ſouuenance de la miſericorde, que Ioada pere
de ceſtuy auoit faiƈt auec luy. Paralip. 24. 22.

LE VIEIL CHIEN, ET SON MAISTRE.

VN Chien eſtant venu à l'aage de vieilleſſe,
  De ſon maiſtre ſouuent des grands coups receuoit:
Pource que deformais plus chaſſer ne ſçauoit
Ainſi qu'il auoit faiƈt le temps de ſa ieuneſſe.
Le Chien ſe voyant faire vne telle rudeſſe,
  D'auoir quelque ſupport ſon ſeigneur il prioit:
Mais c'eſtoit bien en vain qu'abboyant il crioit,
Car on n'euſt pas pourtant eſgard à ſa foibleſſe.
Ie voy bien dit alors le miſerable Chien,
  Que c'eſt pour ton profit, ſi tu m'as faiƈt du bien,
Mais i'en ay maintenant bien pauure recompenſe.
A pluſieurs ſeruiteurs, tout ainſi en aduient,
  Quand ils ne font plus rien, d'eux plus conte on ne tient:
Le ſeruice des grands n'eſt pas tel bien qu'on penſe.

L'homme misericordieux faict bien à son ame, mais celuy qui est cruel de-
boute aussi les prochains.   Prou. 11. 17.

LE LABOVREVR, ET SES CHIENS.

L'Hyuer vn Laboureur ayant necessité,
  Ses bestes pour manger, l'vne apres l'autre il tüe:
  Voire-mesme à la fin les Bœufs de sa charrüe,
  Oubliant qu'il deuoit par eux estre assisté.
Ses Chiens tous estonnez de telle austerité,
  Disoient: si nostre maistre à tuer s'esuertüe
  Ceux dont il a besoin, à craindre est qu'il ne rüe
  De semblable façon sur nous sa cruauté.
Gardons-nous donc en temps de sa main dangereuse,
  Pour ne mourir ainsi d'vne mort malheureuse:
  Souuent le bon seruice est mal recompensé.
Bien mal aux estrangers peut-il estre amiable:
  Qui mesme vers les siens se monstre impitoyable:
  Pourtant, il faut fuyr vn tel homme insensé.

                                        L iij

Mais chemine ainſi que Dieu luy a departy, chacun dis-ie comme le Seigneur
l'appelle. Et ainſi i'ordonne en toutes les Egliſes.   1.Cor.7.17.

L'ASNE, ET SES TROIS MAISTRES.

COmme vn pauure Aſne eſtoit ſeruant vn Iardinier,
   Qui le battoit, dit-il, à Iupiter ſupplie:
  Pour vn maiſtre nouueau, & que point il n'oublie
  A luy en bailler vn, qui ſoit plus familier.
Iupiter auſſi-toſt luy bailla vn Tuillier,
   Qui ſous peſans fardeaux de plus grands coups le lie:
  Il prie derechef qu'à vn autre il l'allie;
   Lors Iupiter luy baille vn Conroyeur groſſier.
Ceſtuy-là ne faiſoit que de coups le repaiſtre,
   Dont l'Aſne bien dolent d'auoir changé de maiſtre,
   Dit, que chez le premier tout le mieux il ſaymoit.
Qui eſt bien par raiſon, & change à l'auenture,
   Puis apres ſil endure vne peine plus dure,
   Lors il priſe cela que deuant il blaſmoit.

Tous ceux icy (manouuriers) ont eu esperance en leurs mains , & vn cha-
cun est sage en son art. Eccles. 38. 95.
Ils ne se seoirront point sur le siege du Iuge. Eccles. 38. 37.

L'Asne, le Bœuf, la Mule, & le Chameau.

L'Asne, le Bœuf, la Mule, & aussi le Chameau
  Ensemble se plaignoient d'estre esclaue de l'homme:
Et mesme qu'en courant de coups on les assomme,
Dont l'Asne s'est fasché d'endurer tel fardeau.
Ie veux estre (dit-il) pour vn plaisir nouueau,
  De la Mule porté, sans plus trauailler comme
  I'ay faict iusques icy : Or le Chameau en somme,
Et le Bœuf pour manger, endurent ce fleau.
Qui est mis pour ouurer, oisif il ne doit estre,
  Ains pour gaigner la vie à l'ouurage se mettre,
  Dont l'Asne ne faict conte, & si veut bien manger.
Aucuns sont tant grossiers qu'ils ne sçauent rien faire,
  Fors labourer la terre, & ne s'y veulent plaire,
  Aymans mieux estre oisifs qu'à l'œuure se range.

Si l'Ethiopien peut muer ſa peau, ou le Leopard ſes diuerſes couleurs, auſſi pour-
rez-vous bien faire quand vous aurez apprins le mal.   Ierem. 13. 23.

Le Iongleur, le Singe, & le Marmot.

POur attraper argent, ce Iongleur aſſez ſage,
   Vn Singe & vn Marmot ſi bien appris auoit
A danſer & ſauter, comme faire il ſçauoit,
   Qu'on prenoit grand plaiſir à voir leur battelage.
Vne femme enuiron eſtoit d'aſſez ieune aage,
   Ayant en ſon giron des noix qu'elle caſſoit:
   Le Singe la voyant, ainſi comme il danſoit,
   Droict à elle ſ'en va, pour y auoir partage.
Il prend le deuanteau, & cherche, le leuant,
   Dont la femme eut plus peur, que de ioye deuant:
   Mais croyez, qu'il y euſt de tous belle riſée.
Quand la perſonne auſſi laiſſe ſon bon ſçauoir,
   Et ſuit ſon naturel, pour ſon plaiſir auoir,
   Merueille ce n'eſt pas, ſ'elle en eſt meſpriſée.

                         Ne ſ'aſſeurer

Celuy qui rend maux pour biens , le mal ne se partira point de sa maison.
Prouerb. 17. 13.

L'ADOLESCENT, ET L'ARONDELLE.

VN ieune fils ayant tout son bien despendu,
  N'auoit plus qu'vn habit, qui estoit sa vesture,
Voyant vne Arondelle à voller d'auenture,
Iusques à sa chemise a le reste vendu.
L'Esté vient, pensoit-il, ainsi l'ay-je entendu:
  Mais contre son espoir reuint grande froidure,
  Qui martela son corps d'vne force si dure,
Que d'angoisse il en fut transi & morfondu.
Et regardant l'Aronde à demy (de froid) morte,
  Ah! dit-il, c'est par toy qu'auons douleur si forte:
Ta venüe m'a faict croire trop tost l'Esté.
Celuy qui en effect veut mettre quelque affaire,
  Il y doit bien penser premier que de le faire:
On est souuent deceu par sa hastiueté.

M

La fureur d'yurognerie est l'offence de l'imprudent, amoindrissant la force, & causant playes.   Ecclef. 31. 38.

LE CERF, YVRE.

ICy notable exemple, ô yurongnes, prenez
  A ce Cerf, qui fautant apres fa beuuerie,
  La iambe fe rompit par fon yurongnerie,
  Tombant parmy vn tronc: cecy bien retenez.
Il faifoit les gobelets remplis de vin tous nets,
  Quand fon maiftre appelloit aucune compagnie:
  Mais il prit fon mal-heur en telle vilainie,
  Qu'onc depuis ne beut qu'eau, ainfi vous abftenez.
Ce Bacchus (deformais) ne vueillez plus enfuiure;
  Car doux femble le boire auec quoy il enyure:
  Mais le gouft en deuient à la fin trop amer.
Certes yurongnerie eft vilaine & infame,
  Elle gafte le corps, & fi faict perdre l'ame:
  Qui bien y penferoit, ne la deuroit aimer.

Si tu possedes vn amy, possede-le en tentation, & ne te fie pas en luy de leger.　　　　*Eccles.6.7.*

L'OYSELEVR, ET LA PERDRIX.

VNe Perdrix estánt par vn Oyseleur prise,
　　Prioit d'estre laschée, & qu'elle ameneroit
De ses semblables tant en sa ret, qu'il seroit
Content, & fort ioyeux d'auoir creu sa deuise.
Non, respond l'Oyseleur, hors tu ne seras mise:
　　Qui veut faire à autruy cela qu'il ne voudroit
　　Qu'à luy-mesme fut faict, il merite (à bon droit)
D'estre pris au filet de sa mesme entreprise.
Puis donc que ie te tien maintenant en ma main,
　　Et sçachant ton vouloir, sans attendre à demain,
　　La mort tu receuras pour ton iuste salaire.
Si on punissoit ainsi en chacune saison,
　　Celuy qui entreprend de faire trahison,
　　Aux traistres ce seroit vn exemple vulgaire.

Quand tu feras aſſis pour manger auec le Prince, conſidere diligemment
les choſes qui ſont miſes deuant toy.   Prou. 23. 1.

LA PERDRIX, ET LES COQS.

Qvelque bon Laboureur vne Perdrix achette,
  La porte à ſa maiſon, au Poulalier la met
Aupres des Coqs, & là vn murmurant caquet
Auec grands coups de becs luy tomberent ſur la teſte.
Cela ne luy pleut pas, ny la place mal nette:
  Mais peu de temps apres, de couſtume il eſchet,
  Que les Coqs ſe battoient, dont ſur le cœur luy chet,
  Qu'elle ſe pouuoit bien de ſouffrir tenir preſte.
Si ces Coqs (diſoit-elle) eſtans d'vn naturel,
  Souuent l'vn contre l'autre ont debat ſi cruel,
  Ie puis bien prendre gré la peine que i'endure.
Ainſi faut-il apprendre à porter doucement
  La haine des peruers, qui couſtumierement
  Chargent autruy à tort, de querelle & d'injure.

Que miséricorde & verité ne te delaissent point, enuironne-les autour de ton
col, & les escrits és tables de ton cœur.　　　Prouerb. 3. 3.

LE LABOVREVR, ET LA CIGOIGNE.

VN Ruſtaut pratiqueur, pour prendre Oyes & Grües,
　Va tendre ſes filets finement à couuert,
Pource qu'elles venoient manger ſon bled en vert:
Il fit tant, qu'à la fin elles furent tenües.
Tandis qu'il attendoit des autres les venües,
　Vne Cigoigne vint dans le filet ouuert,
　Qui fut priſe: & alors de priere ſe ſert,
Pour pouuoir librement ſ'enuoler vers les nües.
Ie ne te fis (dit-elle) oncques dommage en rien,
　Laiſſe-moy donc aller: Tu mourras auſſi bien,
　Reſpond le Laboureur, puis qu'icy ie te trouue.
On doit ſoigneuſement des meſchans ſ'eſtranger,
　Craignant d'eſtre ſurpris auec eux au danger
　De la punition, que vengeance leur couue.

Et cet homme-là contemploit, fans fonner mot, pour fçauoir fi le Seigneur auoit donné bon-heur à fon voyage, ou non.   Genef. 24. 21.

LA BREBIS, ET LE LOVP.

CEfte pauure Brebis eftant du Loup chaffée,
  Fait tout ce qu'elle peut pour de luy efchapper:
Elle court fi long-temps, fe gardant de chopper,
Que dans vne Chapelle ouuerte feft lancée.
Puis dedans vn autre huis elle feft aduancée,
  Et le Loup pas à pas, qui la penfe happer,
  Luy-mefme au mefme lieu feft venu attraper,
Animant contre luy fa pourfuite infenfée.
Car de grande roideur fi auant fe fourra,
  Qu'en tournant ferma l'huis, & dedans fenferra,
Dont plus à la Brebis de nuire il n'eut enuie.
Ces engouleurs auffi, qui toufiours voudroient bien
  Deuorer l'innocent, & ne luy laiffer rien,
Sont à la fin furpris de leur rage allouuie.

Donne au Souuerain selon qu'il t'a donné: & fay en bon œil l'inuention de
tes mains. Ne vueille point offrir mauuais dons : car il ne les receura point:
Et ne t'adonne à faire sacrifice iniuste. Ecclef. 35. 10. 12. 23.

IVPITER, ET LE SERPENT.

IVpiter celebrant vn conuiue excellent,
    Y prie tous les Dieux, pour faire plus grand' feste:
    Mesme de chacun genre y arriue vne beste,
    Pour faire à ce grand Dieu quelque honneste present.
Vne rose vermeille y porte le Serpent,
    Et luy va presenter; mais Iupiter rejette
    Le donneur & le don, & des autres accepte
    Tous les presens, desquels il se tient fort content.
Apres il dit tout haut (faisant à tous entendre)
    Que des mauuais ne faut iamais aucun don prendre:
    Tel donne aucunefois, que c'est pour deceuoir.
Ainsi celuy qui dresse au Seigneur sa priere,
    Estant plein de malice, il est mis en arriere:
    Ce n'est pas tel present que Dieu veut receuoir.

Enquoy communiquera le chauderon auec le pot terre, car quand ils s'entre-
heurteront, le pot sera rompu. Ecclef. 33,

LE LYON, LE REGNARD, ET L'ASNE.

LE Lyon, le Regnard, & l'Asne alloient chasser,
   Pour auoir quelque proye ensemble;& l'ayant prise,
L'Asne de la partir entr'eux fit entreprise,
Dont le Lyon fasché va l'Asne despecer.
Puis il dit au Regnard, sans plus outre-passer,
   Qu'en deux parties fut par luy la proye mise:
Le fin Regnard faisant la charge à luy commise,
Voulut la plus grand' part au Lyon compasser.
Vien-ça, (dit le Lyon) mais qui t'a faict si sage?
   Le mal d'autruy (dit-il) m'en a esté presage:
Craignant d'estre traitté comme cet Asne-là.
Auec plus grand que soy iamais ne se faut mettre,
   Y pensant estre franc, ny courroucer son maistre:
Sage est qui se sçait bien gouuerner en cela.

Ne s'estimer

Mieux vaut le patient que l'homme fort, & celuy qui domine ſur ſon courage,
vaut mieux que celuy qui conqueſte les villes. Prou. 26. 32.

L'Aſne chargé de bois, & le Cheual.

LE pauure Aſne eſtimoit vn Cheual bien-heureux,
   D'autant qu'on le tenoit en eſtat magnifique:
  Et luy qu'eſtant chargé, ſans repos on le pique,
  Dont il ſe reputoit beaucoup plus mal-heureux.
Or aduint qu'on mena ce Cheual vigoureux,
   Bien armé de tout poinct, à quelque guerre inique:
  L'Aſne à conſiderer diligemment s'applique,
  Voyant dompté celuy, qui meſme eſt rigoureux.
Ah! dit-il, i'ayme mieux eſtre humble Aſne à l'ouurage,
   Que Cheual à la guerre, auec vn fier courage;
  Où il ne faut qu'vn coup pour y eſtre abbatu.
L'heur ne giſt pas touſiours en richeſſe ou puiſſance:
   Le pauure eſt plus heureux, quand il a ſuffiſance,
  Eſtant bien reueſtu de conſtante vertu.

Si aucun eſtranger habite en voſtre terre, & demeure entre vous, vous ne
luy reprocherez point.   Leuit. 19. 33.

Le Coq de Flandres, & le Coq d'Inde.

EN Flandres fut vn Coq ſuperbe, & fort ialoux,
   Qui en ſe promenant, & brauant au poſſible,
Rencontra vn Coq d'Inde, amiable & paiſible,
Dont il fut tout eſmeu, & troublé de courroux.
Aux Poules & Poulets le Coq d'Inde eſtoit doux,
   Et conuerſoit auec ſans leur eſtre nuiſible;
   Mais le Flandrois luy fit vn combat ſi terrible,
Que les Poules n'oſoient approcher pour les coups.
Le Coq d'Inde voyant qu'en paix n'euſt ſceu là eſtre,
   Va chercher autre lieu, pour en repos ſe mettre,
   Eſtimant bien-heureux qui eſt en ſa maiſon.
Aucuns ſont ſi peruers, & ſi chargez d'enuie,
   Qu'vn eſtranger ne peut chez eux gaigner ſa vie,
   Tant ils ſont eſtrangez d'equitable raiſon.

Si i'ay gardé iniquité en mon cœur, le Seigneur ne m'exaucera point.
Pſalm. 95. 18.

LE MILAN MALADE.

COmme vn Milan eſtoit au lict tout languiſſant,
Pour le mal qu'il ſentoit, il appelle ſa mere:
A laquelle il a dit, auec douleur amere,
Qu'elle priaſt pour luy au Seigneur tout-puiſſant.
I'ay beſoin de ſanté, dit il, en gemiſſant:
Mais ſa mere reſpond d'vne voix bien ſeuere,
Dieu (dit-elle) punit cil qui ne le reuere,
Et qui n'eſt à ſa Loy fidelle obeyſſant.
Or tu l'as contemné, & commis grande offenſe,
Les Temples violant: pourtant donéques ne penſe
Que Dieu face mercy, quand on l'offenſe ainſi.
Qui Dieu ne recognoiſt en toute reuerence,
Des bien faicts qu'il reçoit en ſa conualeſcence,
Dieu le delaiſſe auſſi en ſon triſte ſoucy.

N ij

Le pere du iuſte ſe reſioüyt de ioye : & celuy qui a engendré le ſage ſe reſ-
ioüyra en iceluy.   Prouerb. 23. 24.

LA VIEILLE CIGOIGNE.

AV monde n'eſt Oyſeau qui ait vn tel ſoucy
   D'eſleuer ſes petits d'vn amour fauorable,
Que la Cigoigne faict, tant elle eſt pitoyable,
Comme en les nourriſſant bien elle monſtre auſſi.
Car ſi ſoigneux deuoir elle faict en cecy,
   Qu'à ſes ieunes en laiſſe exemple memorable,
   Pour bien ſe ſouuenir à faire le ſemblable;
Et qu'on doit au beſoin s'ayder l'vn l'autre ainſi.
Les ieunes retenans l'amiable nature
   De leur pere & leur mere, ils prennent auſſi cure
   A les entretenir, quand en vieilleſſe ils ſont.
La perſonne doit bien faire toute aſſiſtance
   A pere & mere, alors qu'ils en ont indigence,
   Veu que des Oyſeaux meſme, à leurs parents le font.

L'homme à qui Dieu a donné richesses & cheuance & honneur, & n'y a rien qui defaille à son ame de toutes les choses qu'elle desire : & toutefois Dieu ne luy a pas donné puissance d'en pouuoir manger ; mais vn homme estrange le deuorera : ceste chose est vanité, & tres-grande misere. Eccles. 6. 2.

L'Asne chargé de viande & breuuage.

CE pauure Asne chargé de bonne nourriture,
Tant boire que manger, se crauante à porter
Pour en nourrir autruy : mais pour se sustanter,
De chardons & d'eau paist sa seruile nature.
Vn Pinse-maille aussi, qui prend peine si dure,
Sans aise ne repos, pour ses biens augmenter :
En quel plaisir luy peut son deuoir profiter,
Veu qu'auec ses grands biens pauureté il endure?
On void communément qu'il en aduient ainsi,
Qu'vn tel est si chagrin, & si plein de soucy,
Que de son propre bien n'a plaisir ne seruice.
Et peut estre vn prodigue à la fin ioüyra
De ce qu'à grand trauail amassé il aura :
Voilà le plaisant fruict de la serue auarice.

Le meschant sera debouté pour sa malice : mais le iuste espoir en sa mort.
Prouerb. 14. 32.

LE CIGNE, ET LA CIGOIGNE.

Qvand le Cigne se void approcher de sa mort,
   Il se met à chanter d'vne voix nompareille :
Dont la Cigoigne estant esbahie à merueille,
   Luy demande pourquoy il sesioüyt si fort.
Ce n'est (dit-il) en vain que ie pren reconfort,
   Et ne faut ja pourtant que nul sen esmerueille,
   Car ie sen mon repos qui prochain s'appareille,
   Pour me tirer d'vn lieu comblé de desconfort.
J'ay esté en peril tout le temps de ma vie,
   Laquelle n'a esté qu'à trauail asseruie,
   Et maintenant la mort finira mes trauaux.
Ainsi se doit tousiours preparer la personne
   A volontiers mourir, quand le Seigneur l'ordonne :
   Car tant plus elle vit, plus elle faict de maux.

A ſçauoir que vous oſtieʒ le vieil homme, quant à la conuerſation precedente,
lequel ſe corrompt par les concupiſcences qui ſeduiſent. Epheſ. 4. 22.

L'OYSEAV PHOENIX.

LE ſeul Oyſeau Phœnix, à la fin de ſa vie,
　Apres auoir veſcu ſix cents & ſoixante ans,
Vn arbre va choiſir, quand il ſçait qu'il eſt temps,
Aupres d'vne fontaine, afin qu'il y deſuie.
Où pour faire ſon nid, tel qu'il en a enuie,
　Caſſe ſes branches d'encens, & rameaux bien ſentans,
Et autres odeurs prend, à luy ſe preſentans,
Dedans ſon beau pays de l'heureuſe Arabie.
De ſes aiſles apres ſon nid il bat ſi fort
　Au Soleil, qu'il ſe bruſle: puis de ſes cendres ſort
Vn ver, qui en Phœnix puis apres ſe renouuelle.
Cecy peut demonſtrer que IESVS ſ'eſt offert
　A ſon Pere, en ſon temps: puis ayant mort ſouffert,
Sa Reſurrection nous rend vie nouuelle.

EPILOGVE DE CE LIVRE.

SONET.

AYmez Iuſtice, vous qui la terre iugez,
   Et ſi vous abondez en richeſſe mondaine,
N'y mettez voſtre cœur : mais fuyant choſe vaine,
Faictes droict deuant Dieu, aydant les affligez.

Et imitant le bien, du mal vous eſtrangez :
   Car (ainſi comme dit la bonté ſouueraine)
Le iuſte fleurira (ſa parole eſt certaine)
Comme la Palme faict : en ce vous ſoulagez.

Exercez donc Iuſtice, & ce qu'elle commande,
   Rendant à vn chacun le droict qu'il vous demande;
Et vous ſerez de Dieu & des hommes amis.

Pour exemple, ſuiuez la Cigoigne amiable,
   Qui d'vn droict naturel, certes bien admirable,
De ſon nid tous les ans diſme vn de ſes petis.

F I N.